天命の巫女は紫雲に輝く

彩蓮景国記

朝田小夏

角川文庫
21629

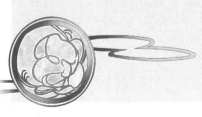

第一章　蠱毒と王座の争い

序

夜陰に紛れて一人の男が雪の残る大路を急いでいた。笠《かさ》を被《かぶ》り、短剣を帯び、うつむき加減で歩く。粗末な黒衣をまとってはいるが、髻《もとどり》を留めている簪《しん》は銀である。年のころは三十。

背丈は高く武術の心得はないのだろう、怯《おび》えたようにしきりに左右を確かめながら上ずった足取りで月光の陰を行く。

そこに都を守る兵士が数人、戈《ほこ》を手にして見回っているのを見つけると男は闇を縫うように路地を曲がった。ちょうど月が雲から半輪を現したので、男の姿がわずかに闇から浮かび上がった。髭《ひげ》のない純朴そうな男である。帯から垂れる宦官《かんがん》の身分を示す印綬《いんじゅ》（身分証）が歩く度に揺れて見え隠れする。

こんな夜中に出歩くような度胸などなさそうだが、道をゆく足取りに迷いはない。男は兵士たちがいなくなったのを確認すると、寒さに曇った息を吐き、暑くもないのに額から汗の粒がつたうのをしきりに手巾《しゅきん》で拭《ふ》いた。その時、背中に気配を感じ、はたと足を止めてそっと振り返った。

そこにあったのは――黒い靄《もや》である。

真っ黒な靄が地面を蠢《うごめ》き、土壁《つちかべ》をつたって近づいてくる。しかし、よく見ればそれはただの靄ではないようで、時に一つの塊となり、時に煙のように消えながら、音もなく足元に忍び寄ってくる。男は一瞬にして蒼白《そうはく》となった。

――まずい。

じりじりと近づいてくる黒い靄。

意識を集中させると、震える手で短剣を抜いた。しかしいくらそれを振り回したところで空を切るばかりでなんの効果もない。男は動きを止めた。動けば動くほど、この黒い靄は活発になるのに気づいたからだ。瞳《ひとみ》だけが忙《せわ》しく左右を窺《うかが》い、靄の次の動きを読もうと忙しい。

――このままでは喰《く》われる！

靄は足元にまで及んだ。男はとっさに身を翻すと全力で走り出したが、黒い塊は彼を追いかけてきたかと思うと、音も立てずに一気にその脚に食らいついた。そして一瞬にして男の半身を覆い尽くす。

悲鳴ともつかぬ声が夜の闇を裂いた。

1

死体が上がったとの報告が貞家《ていけ》にもたらされた。

しかも宦官のものだという。

霧のかかる朝方、明河《めいが》の黄色い水にぷかぷかと浮き上がっているのを漁師が見つけて棹《さお》でつついて岸に上げたらしい。河辺に寝かされたままの遺体の損傷は激しく、異臭を放っている。しかも下半身がない。何かに喰われたように肉と皮が強引に引きちぎられている無残な死体だった。

「まったくとんだことを命じられたわ」

金糸の獣文を襟にほどこした白衣姿の小柄な少女が、死体を前に口を袖《そで》で覆いながら言った。

彼女の名は貞彩蓮《さいれん》。

ここ景国《けいこく》の神権を握る覡《かんなぎ》一族、貞家の一人娘であるが、霊力は未熟な十七歳。

黒髪に縁取られた白い顔《かんばせ》に賢そうな瞳、頬紅を差したわけでもないのに赤い頬が愛らしく、母親を早く亡くしたせいもあり、一族の人間には可愛がられているけれど、半人前だからと与えられる仕事はいつも雑用ばかり。

今日も覡の長、太祝《たいしゅく》である祖父、貞白《ていはく》に朝早くに呼ばれたかと思うと、「怪しげな死体が河で上がったそうだから見てまいれ」と言われてここにいる。

彩蓮は膨れ上がった死体に眉《まゆ》を少し歪《ゆが》め、何も言わずに踵《きびす》を返した。紅玉の耳飾りが歩く度に左右に揺れる。

「死体は何かに食べられているわ」

「この傷だと獣か大魚でしょうか」

死体の骨を検《あらた》めていた髭面の大男、皇甫《こうほ》珪《けい》が言う。

「そうかも。でも嫌な気が死体から漂っている。蠱《むし》かもしれない」

蠱とは、蛇などを瓶に入れ共食いさせて、その生き残ったものからも作ることができる、人の恨みや悲しみが「物象」となったもののことで、元来、自然界にも存在する下等な動物や虫の霊物《モノ》である。人智を超えた存在である霊物には形のあるものと、幽霊のような形のないものがあるが、蠱は前者で、肉食で獰猛《どうもう》なわりに知能が低いので呪者《じゅしゃ》が操りやすく、非常に危険である。

「蠱を使った呪術《じゅじゅつ》を総じて蠱術《こじゅつ》と呼ぶんだけれど、操るには高度な能力が必要とされるわ」

「そんな恐ろしい術が巷《ちまた》で使われるなど怖い世の中になったものですなぁ」

彩蓮の後ろにいた皇甫珪が濡《ぬ》れた手を拭きながら立ち上がった。

「これは思っていたよりも大きな事件になりそうね」

「義父上《ちちうえ》に応援を頼まないといけませんな」

皇甫珪は、彩蓮の義兄である。もと禁軍《きんぐん》武官だったが仕事で問題を起こしてやめさせられ、今は彩蓮の父の妾《しょう》となった母親を頼って貞家に雇われている。彩蓮の目付け兼、護衛である。頭の切れもよく未来の貞家の長の側近にはぴったりの男だが、三十路《みそじ》独身元武官。最近、汗臭さと小うるささが増してきており、若い彩蓮には鬱陶《うっとう》しがられている。

「それにしてもどうして宦官の死体だと分かったの？　上半身だけでは分からないわ」

答える代わりに皇甫珪が何かを彩蓮に投げた。

「これがあの死体の腰で見つかったのです」

それは木でできた印綬で、張賢《ちょうけん》とある。

所属は陽明殿《ようめいでん》。あわせて指に高価な翡翠《ひすい》の指輪があったらしい。

彩蓮はこめかみを押さえた。もし、宮殿に関わりのあることならば、それはここ数年ほどの後嗣争いが原因の可能性がある。やっかいなことに巻き込まれてしまったことになる。

「とりあえず、この男のことを調べて。宦官が蠱術によって殺されたとすれば、何らかの陰謀が絡んでいるかもしれない。ただし、まだ物取りや、怪奇な殺人事件の可能性も捨てたくはないわ」

「分かりました。すぐに配下に命じましょう」

「あとは、早く死体を片付けなくてはね」

祖父の貞白からは死体を見に行くように命じられたが、それは実際に『見る』だけを意味しない。問題を上手《うま》く隠して穏便に済ますように言いつけられたのである。

漁師他、その場にいた者を集めて、彩蓮は金を配り、この地を速やかに立ち去り、三年ほど離れるように命じた。もちろん、皇甫珪は、口外すればただではおかないとつけ加えるのを忘れなかった。蠱術が使われたなどと噂になれば、民は動揺し、貞家やひいては王家の威厳が損なわれるからである。

「分かったならこのことを黙っていなさい」

彩蓮はそこまでの仕事を終えると、弔《とむら》いの儀を済ませた死体が、荷車に乗せられ貞家に引き取られていくのを眺めていた。

——一仕事これで終わり。

すらりとした手足を伸ばして、大きく息を吸うとゆっくりと吐いた。美しい河の水は、澄んでこそいないが、その風は、死体を見た後の嫌な気分を払拭《ふっしょく》してくれる。

彩蓮は大河を見渡せる大岩の上に座った。

そして一緒に来た神官たちが河を浄《きよ》める神事を行っているのをぼんやりと見つめる。白衣の男女が獣面を被って酔ったように踊り、神を降ろした若い巫女《みこ》が、中央で白目を剝《む》いて体を揺らしていた。住民らは手を合わせて河の神に穢《けがれ》の許しを乞《こ》いながら太鼓を叩《たた》く。

こういう儀式は貞家の直系として彩蓮が率先してやるべきことだが、今日はそんな気分ではなかった。

というのも、一族のほかの女たちは着飾って宮廷の儀式へと行っているからだ。片や宦官《かんがん》の腐った死体の始末である。がっかりするのは当然だった。汚くて地味な仕事ばかりが回ってくる。彩蓮は細い指先で恨の文字を書いてすぐに足で消した。人を妬《ねた》む気持ちはよくない。巫《かんなぎ》である前に性格として彩蓮はそう思っていた。

「何かが近づいてきますね」

ずっと黙って御神酒《おみき》を飲んでいた皇甫珪が、西の方を指差した。人の群れが、川伝いの道をこちらに近づいて来ているのである。

旗は赤。景国の軍旗の色である。背の低い彩蓮は大岩の上に立ち上がると、遠くに霞《かす》む軍列を額に手を当てて見やった。

「異民族の胡国《ここく》を討伐に行った兵が帰国したようです」

　皇甫珪が明るい顔で彩蓮を見上げる。

「もう帰って来たの？　出兵してまだ二年じゃない。噂では、胡人は勇猛であと何年もかかるって聞いていたのに」

「俺もずっと先かと思っていましたが、討伐が早く片付いて帰国したのでしょう」

　軍列は規則正しい足音を立てていた。子供らが邑《むら》から集まってきて、畝を走り抜けて手を振り、女たちが兵士に食べ物を差し入れる。

　彩蓮はその中でひときわ美しい黒馬に乗った鎧《よろい》姿の男に目をとめた。

　まだ二十代半ばの銀髪の男で、わずかに日焼けしているが、品のいい面長で秀麗な顔立ちをしている。きりりとした眉が男らしく、その相は極めていいと言っていい。

　しかし、彩蓮は影を感じた。深い影だ。日光が眩《まぶ》しくて急に立ちくらみしてしまうような感覚に似ている。冷たい彼の灰色の瞳《ひとみ》がそうさせるのかもしれない。

「彩蓮さま？　どうかされましたか」

　気を失いかけた彩蓮に一番に声を掛けたのは皇甫珪だったが、一番にその異変に気づいたのは彼女の横を通り過ぎていた銀髪の男だった。彼はさっと馬から飛び降りると、岩の上から崩れ落ちそうになった彩蓮を、すんでのところで革の鎧をつけた胸の中に抱き止めた。

「大丈夫か」

瞳と瞳がぶつかって、彩蓮は大きな目を見開いた。自分の顔が彼の瞳に映り、彼もまた近すぎる距離に驚いたのか、わずかに口を開ける。その健康そうな白い歯を覆う整った唇が、何か言いかけたけれど、彼は言葉を飲み、彩蓮は彼の神秘的な顔立ちに見惚《みと》れた。

しかしそれは瞬《まばた》きほどの時間のこと。すぐに眩しさと暗闇がいっぺんに彼女を覆い、目をつぶれば、闇の深層に足が引っ張られる。あまりの恐ろしさに彩蓮は思わず男の厚い胸板を突き飛ばそうとした。

「ご無礼をいたしました」

走り寄った皇甫珪が男に代わりに詫《わ》びた。

「お前は——」

男は皇甫珪を見知っているらしい。何か言おうとしたが、先に皇甫珪の方が頭を下げて遮った。

「巫なのです。お許しを」

そう言われてはじめて男は彩蓮が白衣をまとっていることに気がついたらしい。はっと目を見開いて、「すまなかった」と低い声で言う。巫女にみだりに触れることは神への不敬に当たる。男は礼儀正しく天に仕える彩蓮を石の上に座らせた。

「わたし……」

彩蓮はお礼に男に忠告をすべきか迷った。

彼女には一族の皆のように安定した霊力があるわけではない。気まぐれにふらりと向こうから何かを告げてくるのを待つだけなのだ。だから、今のこの感覚が正しいのかも、どう言い表していいのかも分からない。父や祖父からは他人の未来を安易に告げてはならぬとも言われている。それでも何かしてやらねばという思いに駆られて彼女は口を開いた。

「気をつけて。栄光と闇が近づいている」

「どういう意味だ？」

「都は危険よ」

彩蓮はそれだけ言うと助けを求めるように皇甫珪を見た。彼は彩蓮を立ち上がらせて、頭《こうべ》を垂れる。

「では失礼します」

皇甫珪は荷物のように彩蓮を肩に担ぎ、覡たちがちょうど豚の血を天にささげている方へと行った。ちらりと彩蓮が見たかぎり、銀髪の男は、ただこちらをじっと眺めていただけだった。

2

彩蓮はそれから都に戻っても男のことばかり考えていた。

「色男でしたなぁ」

そんな風に皇甫珪は茶化すが、彩蓮は男の端整な顔でも精悍《せいかん》な体つきでもなく、あの光と影を併せ持つ不思議な気に心を奪われていた。それは普通の巫ならば、その不吉な未来の予感に関わりを持とうとも思わない類《たぐい》のものであるが、好奇心旺盛《おうせい》の彩蓮には気になってならないのである。

「あの人はどうなるのかしら？　何か大きなことが起きそうな気がするのよ」

「さあ。俺は巫覡《ふげき》ではないので分かりませんがね。後嗣争いで宮廷は大騒ぎですから、何かひと悶着《もんちゃく》あるのではないでしょうか」

皇甫珪が耳をほじりながら言う。

彩蓮もそれに頷《うなず》いた。

王には七人もの公子がいる。

長子で庶子の恭文《きょうぶん》と、次男で王妃の息子の永潤《えいじゅん》の二人のどちらが太子になるかで揉《も》めているらしい。それにこの度、異民族討伐を指揮したという三男も加われば、後継者争いは激化するだろう。都の誰もがどこかの派閥に属し、熾烈《しれつ》な争いを繰り広げている今、あの男もその波に飲まれていても不思議ではない。彩蓮の実家である貞家は、祖父の貞白の方針で中立を保っているが、それも時の問題のはずである。いつかは腹を決めなければならない時が来る。

しかし、彩蓮に銀髪の男のことばかりを考えている暇はなかった。

まだ宦官を殺した犯人を見つけることができていないのである。

ここ景国の祭祀《さいし》を司《つかさど》るのは貞家である。貞家は、天地が二つに分かれた太古より神事に携わり、王をも凌《しの》ぐ権力を持つ古い家柄である。王族さえ道を譲り、王も貞白に巫覡の最高位である太祝《たいしゅく》の位を与え、太祝が登城するときは必ず正装して迎える。そこに属する巫覡たちは厳格に管理され、むやみに蠱術《こじゅつ》を使わないように厳しく決められている。にもかかわらず、今回このようなことが起きて貞家の面目が失われた。これは神権を独占する貞家にとって一大事なのである。

けれど、それも仕方ないといえる。

なにしろ、乱世の昨今、小国は次々に滅ぼされ、異国の巫覡が国境《くにざかい》を越えて景国に流れてもまったく不思議なことではない。しかも王は他国からの人材を積極的に受け入れているから、多くの得体の知れない者が仕官を求めて遊説しており、景の都は異国の言葉で溢《あふ》れている。その中には異国の覡もいれば、化けた妖《あや》かしの類もいる。貞家はそんな巫覡と妖を管理するのが仕事であり、悪さをしないように取り締まる。

「蠱術が使われたのは確かなのか」

しわがれた声に彩蓮ははっとした。眼の前には呆《あき》れた老人の顔があった。

「彩蓮、聞いているのか」

「あ、はい」

彩蓮は祖父の書斎に呼び出されていたことを思い出した。香と古びた竹簡の束の臭いが入り混じり、人骨や怪しげな呪具《じゅぐ》が並ぶ部屋は、白く長い髭《ひげ》を垂らす老人にぴったりな場所である。彩蓮は、そんな部屋の中央に座す祖父を見て、目が合うと、すぐにまつ毛を伏せた。老人は皺《しわ》だらけの手で、扇をぱちりと鳴らした。

「何か気にかかることでもあるのか」

「いいえ。なんでもありません」

彩蓮は慌てて真面目な顔を作り、今分かっていることだけを報告する。

「死体の状態や、殺される直前の残影を巫女《みこ》に調べさせたところ、蠱術であると思われます。蠱《むし》は共食いするので通常なら群れないというのに、今回は男の半身を食い散らすほど大量に発生していきます。わたしは蠱が人為的に集められたのではないかと思っています」

「それで？」

「それだけの蠱の数を操れる巫覡はそれほどいないので、この国の者ならば直ぐに見つかると思いますが――」

「景人ではあるまい」

「わたしもそう思います」

「うむ」

「宦官《かんがん》が何か恨みを買っていなかったかも調べさせています」

「うむ。しっかり調べ、必ず術者を見つけるように。この国で巫術《ふじゅつ》を扱っていいのは我ら貞一族だけだ。その規律を乱してはならぬ」

「はい、お祖父《じい》さま」

「儀式をするのも巫覡の大切な役割だが、これも大切な務め。心して調べよ」

彩蓮は拝手し、祖父の部屋を下がった。そして漆の柱が並ぶ長廊で緊張を解いた時、舞の練習から帰ってきた一族の女の子たちとすれ違う。みな、彩蓮と同い年ぐらいで、見目麗しいものが選ばれる。しかも今日は本番用の長い袖《そで》の付いた絹の衣を着ていた。

彩蓮は唇をぎゅっと噛《か》んだ。

彩蓮はこの宦官殺しの調査のせいで全員での練習に参加できなかったため、他の巫女たちと調子が上手《うま》く合わず、宮殿での儀式の舞手に選ばれることがなかったのである。人一倍練習をした彼女は、去っていく少女たちの背を羨《うらや》ましげに眺めることしかできなかった。

「そんな顔をしなくたって、次は選ばれますって」

恨めしそうに見ていたのだろうか、壁にもたれて待っていた髭面の皇甫珪が声をかけてきた。

「わたしが不細工だからどんなに努力してもやらせてくれないんだわ」

「彩蓮さまの笑った顔は千金に値すると、みんな言っておりますよ。笑窪《えくぼ》があって可愛いって――」

「気休めを言わないで」

ぴしゃりと言った少女の強い口調に大男が肩をすくめる。

巫覡として生まれたからには、天を祀《まつ》り、地を崇《あが》めるのが仕事である。呪詛《じゅそ》にしろ、殺人を調べる部署というものは本来、別にある。なぜ彩蓮が宮中の儀式を休んでまでやらなければならないのか――。

ただ、選ばれない一因が自分にあることは、彩蓮も本当はよく分かっている。ただでさえ半人前なのだから、もっと頑張らなくてはならないのに、いろいろ言い訳してしまうのだ。早く一族の要《かなめ》になりたいのに、そうできない――歯がゆくてならなかった。彩蓮は死骸《しがい》の臭いが染み付いた衣の袖の臭いを嗅《か》いだ。

「下半身のない宦官なんて興味ないのに」

大男が頭を掻《か》く。

「下半身があたったって興味などないでしょう。そんなことを言っていないで出かけましょう。宦官が襲われたと思われる場所を部下が特定してあります」

「ええ……」

皇甫珪が足を止めた。

「その白い巫覡《ふげき》の衣はちょっと目立ちますから、街では着替えた方がいいかもしれませんね」

片目を瞑《つぶ》って見せた皇甫珪。

彩蓮ははっとして彼を見た。

「普通の衣を着た方がいいってこと?!」

「そういうことです」

彩蓮は瑞々《みずみず》しい瞳《ひとみ》を輝かせた。家も巫覡であるし、仕事も聖域で、いつも白い衣を着ている。身分が高いから襟に紋を入れることはできるが、毎日、毎日、白しか着たことがない。普通の町娘のような格好をしたいとずっと思っていた。

「お金を持ってくるわ！」

破顔した彩蓮は、巾着《きんちゃく》を取りに行こうとして時間がないと皇甫珪に止められた。

めずらしく買ってくれるらしい。

彩蓮は涙が出るほど嬉《うれ》しかった。今度、祖父に皇甫珪の給料を上げるように言おうと思うほど嬉しかった。ただし、その店に入るまでは――。

「何よ、これ？」

「何って、何か変ですか」

「見て分からない?!」

彩蓮は閉口した。

なにしろ皇甫珪が連れて行ってくれた店はどう見ても花街の古着を売っている店で、目が覚めるような赤や桃色の衣や、襟がわざと開くように縫ってある衣など、どれも硬派な巫覡の少女には不向きなものばかりだったからである。

「最新の流行ばかりを扱っている古着屋と聞いたのです」

「……どこで聞いてきたのやら」

皇甫珪は頭を掻いた。

どうせ妓楼《ぎろう》だろう。

しかし皇甫珪なりに頭を捻《ひね》ってくれていたらしいことは分かる。彩蓮が宦官の遺体よりも宮殿の儀式の方が気になるのは、その衣装を着たいのも理由の一つだととっくにお見通しだったのだ。しかし女といえば妓女しか話し相手がおらず、しかも三十路《みそじ》の無骨な武人が十七の少女の着るもののことなど分かろうはずはない。彩蓮のために聞いてきてくれたのだろう。

「これはどう？」

それでもなんとか小豆《あずき》色の地味なものを見つけた。

「なんで、そんなおばあさんみたいな色を選ぶのですか。今は青とか碧《みどり》とかが流行《はや》っているそうですよ」

物知り顔の皇甫珪。

彩蓮は戸惑いながら、美しい碧の衣を手に取った。

帯紐《おびひも》を黄色にし、赤い佩玉《おびかざり》を垂れれば、まるで商家のお嬢さんといった風だ。彩蓮は鏡の中の自分をとても気に入った。髪を耳に掛けてみたり、外してみたりして、顔の左右を観察すれば、碧という色が存外、自分の色白の肌によく映えることに気がついた。しかし、「欲しい」と言うのが恥ずかしい。もじもじしていると皇甫珪の方が「これをくれ」と言ってくれたので、今度は「ありがとう」と言うのが恥ずかしくてもじもじする。

「……ありがとう」

やっと絞り出した言葉に、皇甫珪の方が照れたように鼻をこすった。

「どういたしまして」

大きな手が彩蓮の髪をかき混ぜた。本当の兄と妹のようだった。もうちょっと身分が高ければ、皇甫珪の母も妾《しょう》ではなく継室となり、長く寡夫でいる父と気苦労することなく幸せになれたことだろう。父もいつまでも死んだ母に義理立てなどせず、周囲の反対を押し切って堂々と妻にしてやればいいのにと彩蓮は思う。もし、そうなれば、皇甫珪も義理の妹に敬語で話す必要もなく、対等に彩蓮と接することができるはずだ。

「さあさあ、さっさと靴をお履きください」

侍女を連れてこなかったから、皇甫珪が彩蓮の前に靴を置いた。彼女はしゃがんだ大男の肩に手を置いて靴を履かせてもらう。どうもそういう仕事は元禁軍武官には似合わない。それなのに白い歯を見せた男に、彼女は戸惑って、慌てて肩から手を離した。

「行きましょう」

準備も整ったことであるし、これから宦官の実家に行ってみようと彼女は思っている。友人がいればそれも調べ、恨まれていなかったか、何か問題を抱えていなかったか聞き込みをするのだ。

「店主はいるかい？」

そこに荷物を背負った男が店に入ってきた。行商人だろうか。

「聞いたか」

開口一番、店の主《あるじ》の袖《そで》を引っ張る。

「何を？」

「野犬が次々に死んでいるって話をだよ」

店にいた男たちがひそひそと噂話を始めた。彩蓮は、衣の裾《すそ》を直すふりをして、好奇心から耳をそばだてた。

「もう五、六匹、この界隈《かいわい》で死んでいるのが見つかったってさ。それもここからそう遠くない場所だ。あんたも気をつけろ」

「悪い病の始まりではないか」

「腹の内から何かに喰《く》われているらしい」

「腹の内？　なんだそりゃ」

「腹の中が空になった死骸がそこかしこにあるっていう話だ」

彩蓮の第六感が何かを告げた。同時に皇甫珪も彩蓮と同じようにこの件は調べる価値があると感じたようで二人は互いに顔を見合わせた。

「今度は犬の死骸かぁ……」

せっかく着替えたのに、本当についていていない。

3

皇甫珪と彩蓮は路上で揉《も》めていた。

掘り起こした犬の死骸《しがい》の腹を裂くのに皇甫珪の剣を借りようとしているのに、なかなか渡してくれないのである。

「ちょっとくらいいいじゃない」

「だめです、武人にとって剣は神聖なもの。不浄にあったら大変です。いざとなった時に剣が我々を助けてくれないではないですかっ」

「もう！　そんなことはないわ。あとで清めればいい話じゃない！」

「絶対にだめです。これは父の形見なのですから」

しかたなく、彩蓮は近所で包丁を借りてくると、臭う犬の前に立った。

「さあ、やってちょうだい」

「は？　誰が何をですか」

「あなたが、この死骸の腹を裂くに決まっているでしょ」

「なんで俺が」

「もしこの犬が本当に蠱《むし》に襲われて死んだのなら、腹を裂いた瞬間蠱が溢《あふ》れ出てくるわ。それをわたしは鎮めないといけないんだから、あなたが腹を裂くしかないでしょ」

「……蠱が腹から出てくるのですか」

「ええ。たぶん、たくさん……」

「た、たくさん……」

大男が怯《おび》えて、包丁を抱きしめる。

「そんな顔をしたってだめ。この調査は、本当のところはあなたが責任者なのよ。わたしなんてお飾りにすぎないんだからね。お祖父《じい》さまからお叱りにあうのはわたしじゃなくってあなたでしょ。しっかりして」

戦場に何度も行った経験があって、それはおぞましい体験をしたのだと、いつも酔っては自慢げに話すくせに、随分小度胸だ。背だって彩蓮の倍ぐらいはあるのに。

「俺はですね、呪術《じゅじゅつ》とかそういう目に見えないものが恐ろしいのですよ」

「わたしは人の方が恐ろしいと思うけれど？　だって蠱術《こじゅつ》は人の恨みや苦しみが形になったものよ」

いつまでもこの男を待ってはいられない。彩蓮は、艶《つや》やかな長い髪をさっと一つに束ねると呪《じゅ》を唱え始めた。

今日はどうやら調子がまあまあいいらしい。からりと晴れた天気のせいだろうか。犬の死骸が呪によって白く光りだした。狩りに出てはイノシシを解体するのが得意な皇甫珪が、まるで初めて刃物を握らされたようにへっぴり腰で死骸に跨《また》る。そしてゆっくりと死骸の腹に包丁を入れる。

「うわっぁ、出やがった！」

皇甫珪が尻《しり》もちをついたかと思うと、大量の黒い蠱が、犬の腹の中から出てきた。衣の中に逃げ込んだらしく、大男は踊るように必死に袖を振る。

しかし、彩蓮にそれを払ってやる余裕はない。何万もの蠱が一気に犬の腹から出てきたのである。予想を遥《はる》かに超えた数で、通常なら鎮めるには三人の巫覡《ふげき》は必要であるというのに、それを今は一人でやらなければならない。

——まったくなんでこんなに！

汗が額に滴った。

それでも呪を唱えるのをやめずに右手の人差し指を天に掲げて、下等な蠱どもの動きを封じる。しかし半人前の彩蓮ではどうしても鎮めきれない。あっという間に皇甫珪は蠱にまみれた。彩蓮は無我夢中で最後の呪を叫んだ。

「天地に従い、我が声に応《こた》えよ！」

ぱたりと蠱が動きを止めたかと思うと、一斉に地の中に潜っていった。皇甫珪の背中に入り込んだ蠱も大慌てで出ていくと、地中に消えていく。

「ああ、びっくりしたわね。どうなるかと思ったわ」

振り返りざまに微笑んだ彩蓮。その笑顔を向けられた皇甫珪は、半目を開けて大の字で地面に倒れていた。

「ちょっと、大丈夫⁈」

揺さぶっても応答がない。

「大丈夫ってば？」

どこかを蟲に喰われたのかと思いきや、単に恐ろしかっただけらしい。正気になると包丁を放り投げて、もう二度とこんなことはしないと訴えた。

「情けないわね。それじゃ、貞家ではやっていけないわよ」

「自分でも自信を失っています」

「そうでしょうね。蟲ぐらいで気絶したなんて言ったら、みんなに笑い者にされるわ」

「それを今夜、夕食の肴《さかな》にするんでしょう？」

彩蓮はそれに笑った。

そして逃げ遅れた一匹の蟲を素手で捕まえると、竹筒の中に入れる。

「どうしてそんなものに触れられるのか不思議ですよ。カエルは持てないくせに」

「カエルは目があるじゃない」

万といると気持ちが悪いが、蟲というものは一匹なら黒い蛆虫《うじむし》の大きいのぐらいの見た目だ。貞家は職業柄、蟲を飼っているので、これは農家がお蚕さまを扱うようなものだと言っていい。一匹二匹なら危険ではないし、可愛いものである。

「そう言うけれど、皇甫珪だって触ったじゃない」

「あれは触ったんじゃありませんよ。向こうが俺の衣に入ってきたってだけの話です」

「繊細ねぇ」

「ガサツですねぇ」

「なんか言った⁈」

「いえ、なんでも」

彩蓮は赤い唇をツンと尖《とが》らせ、

「それより、犬の腹にこんなに蠱がいたということは、もしかしたら犬は、蠱に襲われたあとの宦官《かんがん》の死骸を食べたのかもしれないわね」と本題に戻る。

「ではほかの野犬の死体がどのあたりにあったのか聞き込みをしましょう」

「ええ。そうしてちょうだい」

二人は歩き出した。

しかしいくばくも行かないうちに、食いしん坊の彩蓮の腹が鳴る。屋台からいい匂いが漂ってきたのである。すかさず彼女は豚の内臓の串《くし》焼きを見つけると、皇甫珪の袖《そで》を引いてねだった。脂がじゅうじゅうと音を立てて垂れ、香ばしい匂いがパリパリとなった皮からしてくる。

「だめです。朝ごはんを食べたばかりでしょう？」

「お腹がすいた」

「呪を唱えると力を使うのよ。ねぇ、買って、ねぇ」

袖を摑《つか》んで揺らせば、女にはからきし弱い大男が首の後ろを搔《か》いた。

「純真無垢《むく》な顔をして、アレを見た後に、よくそんなのを食べたいと思いますね。見た目が蟲と一緒ではありませんか。白いか黒いかの違いしかありません」

「美味《おい》しいわよ。あなたも食べればいいのに」

「俺は、しばらくは細長いものは食べません」

「ふーん」

家業柄、彩蓮はもうそういう感覚は麻痺《まひ》している。まだ青白い顔をしている皇甫珪は、彩蓮の代わりに金を払うと、さっさと歩き出した。慌てて彩蓮はそれを追う。人通りの多い道だ。肩と肩が触れ合うほどの混雑で、彩蓮は串を手に持って走っていたから、ぶつかってきた男を避《よ》けきれなかった。

その瞬間、彩蓮の脳裏に閃光《せんこう》が走った。視界が一瞬真っ暗になって、立ちくらみしたかと思うと、まだ食べていない串焼きを地べたに落としてしまう。

「悪い」

ぶつかった相手が言った。

彩蓮は文句の一つも言ってやろうと思った。こちらには皇甫珪がいる。喧嘩《けんか》にはめっぽう強い。

「ちょっと、悪いじゃなくて、気をつけて……」

しかし勢いはすぐに削《そ》がれた。そこにいたのは、昨日の眉目秀麗《びもくしゅうれい》な銀髪の男だったからである。

「あなたは——」

相手も彩蓮のことを覚えていたらしい。瞠目《どうもく》して、彼女を上から下まで眺めた。

「巫女《みこ》ではなかったのか」

「事情があるのよ」

不躾《ぶしつけ》な視線だったので、彼女はぶっきらぼうに答えた。それに今日の彼は絹の衣ではなく、綿を着て部下を五、六人連れているだけである。戦の垢《あか》を落とした武官が皆で街にくり出しているように見える。ぞんざいに答えて咎《とが》められるのは向こうの方のはずである。

「失礼いたしました」

異変に気づいた皇甫珪が人混みを戻ってきたかと思うと、彩蓮の頭に手を乗せて深々と下げさせ、そのままの体勢で、詫《わ》びを入れた。彩蓮は目だけ起こしたまま、体をくの字に曲げさせられる。

「人目に付く。改まったことをするな。皇甫珪」

男は皇甫珪の名前を知っていた。禁軍の元上官だろうか。

「それよりいつまでその子の頭を押さえている。俺に顔を見せたくない理由でもあるのか」

「い、いえ、そんなことは」

と、言いつつ、皇甫珪は彩蓮を背に隠す。

「禁軍を辞めたと聞いたが、今は何をしている？　帰国して聞いたから驚いた」

「今は貞家で働いております」

「貞家？」

「はい」

「ではその子は貞家の者か」

「は、はい。貞家の護衛を任されています」

「お前ほどの男が、婦女の護衛ではつまらないだろう？」

「そんなことは……」

キレの悪い返事を皇甫珪はした。そして彩蓮をもっと自分の後ろに隠そうとする。

銀髪の男もそんな皇甫珪に気づいたのだろう。話題を変えた。

「ところで、このあたりに張賢という者の家があるのを知らないか」

「張賢?!」

男の問いに彩蓮が素《す》っ頓狂《とんきょう》な声を出して慌てて手のひらで口を覆う。張賢とは亡くなった宦官の名ではなかったか。

「知っているのか」

「いえ……」

曖昧《あいまい》な皇甫珪に男が瞳《ひとみ》を鋭くした。

「知っているなら案内して欲しい。突然姿が見えなくなって案じているのだ。家にいるのではと来てみたが人通りが多くて道に迷ってしまった」

それで彩蓮は思い出した。張賢なる宦官は陽明殿で働いていたということを。陽明殿といえば第三公子の母、香妃《こうひ》の住まいである。いなくなったとなれば宮殿の人間が調査に乗り出すのは当然だ。彩蓮は皇甫珪の袖を引っ張った。銀髪の男は宦官が死亡した後に帰国したのだし、犯人ではない。ちょっと話を聞いた方がいい。しかし、皇甫珪は彩蓮を無視した。

我慢ならなくなった彩蓮は、髭面《ひげづら》男の背からひょっこり顔を出した。

「わたし、張賢の家は知らないけれど、張賢がどうしているかは知っているわ」

「どこにいるのか知っているのか」

「どこにもいないわ」

「巫女はみんなそんな風な話し方をするのか」

「そんな風って？」

「どこにもいないなど、まるで死んでいるようではないか」

銀髪の男が、困惑を宿した瞳で彩蓮を見た。

「その通りよ」

「その通り？」

「あなたの言う通り、張賢という男はもうこの世にはいない」

「死んだというのか」

「ええ。それも呪われてね」

美麗な男がとっさに少女の口を押さえた。

縁起の悪い言霊は吐かない方がいいからなのか、はたまた誰かに聞かれたくないからなのか分からないが、男は、呼吸ができなくなった彩蓮が足搔《あが》くまで手を離さなかった。左右を見回し、やっと手を離したのは、脇道にそれたところだった。

「殺す気？」

「馬車がある。その中で話さないか」

馬車が人混みに押されるように道の隅にあった。しかし、皇甫珪が目の前の建物を指差した。

「それよりもいいところがあります」

それを見上げた彩蓮。

「妓楼《ぎろう》じゃない！」

彼女のみが抗議した。

4

妓楼の個室は二間続きで、一室には朱色の卓があり椅子が四つ。花が活《い》けられ、愛にかこつけた卑猥《ひわい》な詩が壁に掛かっている。よく見れば、奥には紫の帷《とばり》がめぐらされた寝台さえある。彩蓮は居心地が悪くて仕方なかったが、皇甫珪はまるで自分の家のように椅子にどかりと座った。

一方、銀髪の男といえば、安っぽく装飾された部屋に似合わなかった。上品で落ち着いた彼は、部屋を見回すこともなく茶をすすると少しだけその味に眉《まゆ》を顰《ひそ》め、すぐに本題に入る。

「張賢が死んだというのは本当なのか」

「ええ。数日前のはずだわ。昨日、河で遺体が発見されたの。わたしはそれを弔いに行ってあなたとあそこで会ったのよ」

「ああ。なるほど。しかし、変死体なら、巫覡《ふげき》ではなく都の警備を預かる都衛府《とえふ》が出張る話だ。呪われたというからには、よほど尋常でない死に方だったのか」

「蠱術《こじゅつ》だと思うの」

「蠱術?!」

男は言葉を失った。それだけ恐ろしい術であることは巫覡でなくとも誰もが知っている。一度呪われたら、簡単にはその呪いを解くことはできない。

「しかもかなりの能力者によるものよ」

男は考えるように顎《あご》に扇子を当てた。武人らしい体軀《たいく》であるのに、その仕草はとても優雅である。

「恨まれるような人だったの?」

「いや。全く。気のいい男だ。恨まれたのは別の人間だろう」

そう言われて彩蓮は、遺体がしていた翡翠《ひすい》の指輪のことを思い出した。袖《そで》から絹の袋を取り出すと指輪を卓にそっと置く。

「見覚えはある? 宦官《かんがん》の持ち物にしては高価過ぎるわ」

彼は手にとって窓に透かして見た。中に名が刻まれていたようで、それを見つけると、翠色《みどり》の石を卓の上に置いた。

「ああ。持ち主を知っている」

蠱術で必要なものは流派によって違う。

しかし、大抵、毛髪や呪う相手が大切にしているものを使って行う。これが男の知り合いのものであるのなら、狙われたのは張賢なる宦官ではなく、その人だということになる。彩蓮は声を潜めた。

「知り合いの物なの？　でも、なぜ、張賢がこれを持っていたのかしら？」

「さあ、それは持ち主に聞いてみなければ分からないな」

美麗な男はじっと彩蓮を見た。そして灰色の瞳が魅惑な光を貯めると、唇を触れながら尋ねた。

「君の名前は？」

「え？」

「名だよ」

「貞彩蓮――」

「巫女《みこ》として優秀なのか」

「いいえ。優秀だったら儀式を執り行わせてもらっているわ。わたしはそうじゃないから、こんな事件を調査しているのよ」

「そうか？　でも巫女なんだろう？　貞家の」

「あ、え、ええ」

「どうだろう。一度、宮女として後宮に紛れ込んではくれないか」

「後宮に？　なぜ？」

「この指輪の持ち主は後宮にいる」

「でも祖父がなんて言うか分からないわ……」

　貞家は二つの王朝に仕えた中原《ちゅうげん》の巫覡集団である。地を治めるのが王の仕事ならば、貞家は王に天の声を伝えるのが務めである。その行動の多くは卜占《ぼくせん》で決められ、彩蓮が簡単に自分で決められるものではない。

「わたしはこの件の調査が残っているので無理だわ」

「君が、後宮に行かなければことの真相は分からない」

「別にすべての真相を明らかにする必要はないのがこの国の不思議なところよ。穏便に闇の中に葬るのが正しい処置だというときもある。宮殿に行くのが吉か、祖父に占ってもらった後でなければ、わたしは行けないから、誰か他の巫《かんなぎ》を探した方がいいわ。その方が半人前のわたしよりずっといいと思うの。これは巫覡として言っている」

　男は少し困り顔を作った。

「分かった。すまない。言い方が間違っていた。客として陽明殿に呼ばれるように手配しよう。こちらから馬車をつかわして宮殿に招待する」

「だから——困るの、そういうのは」

もっと理由を言ってやろうと思ったのに、皇甫珪が卓の下で彩蓮の足を踏んだ。そしてあからさまな目配せで、「揉《も》めないでください」と懇願する。彩蓮は軽く咳払《せきばら》いをすると、頰を緩ませた。

「そろそろあなたの名前を聞いていいかしら？　話はそれからよ」

「これは失礼した。とっくに横の大男から聞いているのかと思っていた。俺の名は騎《き》遼《りょう》という」

「騎遼さんね」

「さんはいらない。騎遼でいい。俺たちはもう友人なのだから」

男は真剣な眼差《まなざ》しで彩蓮を見た。

「助けてくれないか」

彩蓮は遠慮なく言った。

「まぁ、そりゃ、困っているのなら助けてあげたいわ。よかったら他の巫女を紹介するからその人に会ってみたら？　巫覡が人を殺すのは自分が穢《けが》れるから禁忌とされているの。それを犯して呪うのは普通では考えられないわ。よっぽどの事情があるか、相当な呪者《じゅしゃ》よ。有能な巫を当たった方がいいわ」

「それだと俺が巫覡を後宮に呼んだのが人に知られる。できればそれは避けたい。君は一見、巫に見えないから怪しまれないだろう」

「それは褒め言葉なのかしら？」

「ああ、もちろん。人間味があって可愛いと言っているんだよ。君の瞳《ひとみ》には生気がある。普通の巫は君のような瑞々《みずみず》しい瞳をしていない。一目で、巫かどうかは分かる」

片目を瞑《つぶ》ってみせた騎遼。彩蓮はわざとらしいため息を吐いてから言った。

「で？　その指輪の持ち主は誰なの？」

騎遼は意味ありげな視線を向ける。反応を楽しんでいる顔である。

「な、何よ」

「それは俺の母だ」

何か嫌な予感がする。彼はニコリと微笑んだ。

「我が母が陽明殿の主《あるじ》、香妃だ」

彩蓮はわなわなと震えた。

「もしかして、あなたが第三公子⁈　ってなわけないわよね？」

「そういうことになるかな」

騎遼はおかしそうに彩蓮を見た。確かに粗衣を着ていても品があり、銀髪は王族に多い。身分低く装っているけれど、茶を飲む所作は宮廷のもので、ちらりと見える下着の袖は絹である。なぜ今まで気が付かなかったのだろう。彩蓮は後ろの髭面《ひげづら》男を睨《にら》んだが、皇甫珪は苦笑いして誤魔化した。

彩蓮は心の中で舌打ちして、この男と関わってしまったことを後悔した。しかし礼儀はわきまえている。無礼は無礼。仕方ない。立ち上がると、手を右腰にそろえて頭を下げた。

「知らなかったとはいえ、公子さまにとんだご無礼をいたしました。お許しくださいませ」

少々棒読みだが、礼儀通りに詫《わ》びた彩蓮に騎遼が笑った。

「君らしくない。そういうのは似合わないよ」

「そういうわけには」

「普通に接して欲しい。俺は忍びで街に出ているから人に怪しまれたくないし、君は貞家の娘なのだ。大仰な話し方や礼は不要だ。宮廷でも貞家の者は略礼を許されているのだし、それに言っただろう？　俺たちはもう友達なのだと」

「でも……」

「それより俺の頼みを聞いて欲しい。これは母の命に関わることだからね」

彩蓮は顔を上げた。そう言われて嫌とは言えないのが、彩蓮だ。身分などではなく、困っている人がいたら助けてやりたくなる質《たち》なのである。彩蓮は少しだけ考えてから口を開いた。

「分かったわ。でも一つ条件があるの」

「俺にできることなら」

「皇甫珪がまた禁軍に戻れるようにして欲しいのよ」

「彩蓮さま！」

驚いたのは騎遼ではなく皇甫珪だった。そんなことを頼む必要はないと彼は唾《つば》を飛ばして言ったが、彼女は彼が禁軍勤務に戻りたいと思っているのを知っていた。酒を飲むといつも後悔を口にするし、道でばったり禁軍の昔の仲間に会うと気まずそうにしながらもその顔には戻りたいと書いてある。

「分かった。努力しよう」

騎遼は簡単でない願いに諾と答えた。

「本当に？」

「ああ。その代わり、もし張賢が母の代わりに殺されたとするならば、また呪われる可能性がある。犯人を捜すのと同時に対策を練って欲しい」

「分かったわ。わたしもできるかぎりのことはする」

これで二人の利害は一致した。騎遼から差し出された手。しばらくそれを彩蓮は眺めていたが、しっかりと握り返した。

「じゃ、近日中に使いをよこしてね」

「いや」

公子は握った手を離さずに口の端を片方だけ上げて笑った。

彩蓮は慌てた。

「ちょ、ちょ、ちょっと。離して。離してってば」

「離さない。近日中ではなく、君は今日、今から宮殿に行くんだ」

「皇甫珪、助けて！」

しかし勇猛な武人も王族の前では従順な子犬のようなものなのである。眉《まゆ》を垂れるばかりで助けてくれる様子はない。

「行こう」

彼は足取りも軽く妓楼《ぎろう》を出た。もちろん、手は繋《つな》いだままだ。何も知らない人が見たらきっと美男美女の素敵な恋人同士に見えることだろう。飄々《ひょうひょう》としている公子は人の目など気にすることもなく、馬車まで行くと、彼女の小さな体を持ち上げて乗せた。

「子供扱いね」

「こういうのは女扱いっていうんだよ」

文句を言った彩蓮に騎遼が訂正した。しかしすぐに髭面男が図々《ずうずう》しくも同乗すると、公子は眉を寄せて睨みつけたが、皇甫珪はなに喰《く》わぬ顔をして彼女の横に座った。皇甫珪の仕事は彩蓮の護衛と彼女の周りを飛ぶハエを追い払うこと。公子も例外ではない。

「あの、もしかして今から本当の本当に宮殿に行くの？」

「そうだよ？」

「わたしこれしか着るものがないの。他は白い衣ばかりで……やっぱり失礼になるから着替えてからの方がいいから、屋敷に寄って」

「それで十分だ。どこから見ても田舎官吏の娘の精一杯のおしゃれに見える」

彩蓮は相手が公子だということを忘れて拳《こぶし》を握る。

「失礼ね！　碧《みどり》は今年の流行色よ！」

「そうか。都を長く離れていたものだから、とんと流行が分からなくなっていた。すまないな」

騎遼は十歳近く年上でしかも戦を生き抜いた人である。一枚も二枚も上手に子供っぽく嘴《くちばし》を尖《とが》らせた彩蓮をあしらい、そして微笑んだ。それは「楽しいな」「可愛いな」という笑みであるが、彩蓮からすれば馬鹿にされているようにしか見えずむっとする。

公子は、今度は皇甫珪の方を見た。

「昔、白い犬を飼っていたよ。きゃんきゃんうるさかったが、懐いて可愛かった」

「うちの子犬は噛《か》みつきますからね。お気をつけくださいい」

二人が彩蓮のことを茶化していたのは分かっている。文句をきゃんきゃん言ってやろうとしたその時、ふと嫌な視線を感じて彼女は御簾《みす》をぱっとめくるとあたりを見回した。

「どうかしたのか、彩蓮？」

「嫌な視線を感じたの」

公子と皇甫珪の二人が同時に車外に顔を出したが、そこには無数の人々が街を行き来していて誰が怪しいのかさえ分からない。

「誰かに見られていた気がしたの」

西の空に黒雲が募り、彩蓮は空気に湿り気を感じた。

5

日は陰り始めていた。

鈍色《にびいろ》の甍《いらか》が連なる宮殿には、立ち並ぶ珍獣の麒麟《きりん》や鳳凰《ほうおう》の石像が影を伸ばし、時にすれ違う宦官《かんがん》や宮女はそれを恐れるかのように背を丸めて歩いていた。

春だというのに彩蓮は宮殿に入ってからというもの寒くて仕方なかった。

見かねた皇甫珪が上着を脱いで彼女の肩に掛けたが、震えは止まらず、公子騎遼まで上着を脱ぐ羽目となったが、全く効果はなかった。

「寒い」

「尋常でない寒がりだな」

「霊を感じているのでしょう」

皇甫珪が説明した。

巫覡《ふげき》は時に「場」と呼ばれる霊のたまり場にくると寒さを感じる。宮殿とは華やかな場所とばかり彩蓮は思っていたが、どうやら違ったらしい。憎しみ、欲、そして悲しみに満ちた場所がこの王宮なのである。寂しげにこちらを見ている宮女や宦官、官吏の霊が、そこかしこにいて、人の苦しみが塊となった黒い影が、日を避けるように落陽に陰る石畳に渦巻いている。

「お前はここで待て」

男は後宮には入れない。後宮と内廷を区切る門の前で皇甫珪は一人残されることになった。心配げに彩蓮の背を見る髭面《ひげづら》男を彼女は何度か振り返ったが、やがてその姿が見えなくなると、彩蓮はがくがくと足が震えるのをどうすることもできないまま騎遼の後に続いた。香妃を助けてあげたいと思っていた感情は既にしぼんで、この大きな場の中に住んでいる人に畏敬《いけい》の念さえ抱く。

「そんなに辛《つら》いか」

「ここはなんて哀しい場所なの？」

後宮に近づけば近づくほど彼女はそう感じた。王が政務をとる内廷よりよっぽど場の気が強い。霊感などというものを持ち合わせていないはずの騎遼の瞳《ひとみ》にも陰りができ、足取りも重くなる。後宮とはそういう場所なのである。女たちが寵《ちょう》を競う欲の世界。朱色の建物と鉛色の甍が対極に存在する。

「ここで見聞きしたことは他言ならぬ」

「全部は無理よ。わたしは事件のあらましを報告しないといけないの」

「彩蓮。だめだ」

「祖父が個人的な趣味で張賢の死の調査をしていると思っているの？」

「…………」

「きっと上からのお達しよ。だから殺人を調査する都衛府が出てきていないのよ」

「上というと？」

「上と言ったら上よ」

「王の命令だと？」

「違うと思う？　祖父を動かせるのは王しかいないのに？」

「分かった。だが、君は賢い子だ。何を言って良くて、何を言って悪いかは理解できるな」

「あなたと同じ意見かは分からないけど、馬鹿な方ではないわ」

「よし」

長い回廊を二人はずっと歩き続けた。場所によって強い霊気を感じた彩蓮が歩けなくなると、騎遼が手を取って引っ張ってくれた。

「ありがとう」

「こちらこそ礼を言う。体に障る場所に連れてきてしまったのに、まだ一緒にいてくれている」

「まったくよ。いつものわたしならさっさと逃げているわ……」

彩蓮も不思議だった。憧《あこが》れの王宮しかも后《きさき》たちの生活を垣間《かいま》見ることができる機会などそうはない。だから我慢していると思い込もうとしたというのに、公子が手を繋《つな》いだまま微笑んだから反射的に首まで紅潮した。

その時――。

「騎遼ではないか」

美しい三重の紅楼から、ずらずらと見目麗しい女たちと宦官を連れた男が現れた。着ている衣の襟に刺繍《ししゅう》された錦糸《きんし》の獣文から身分が高いのが分かった彩蓮は、すぐに小さい体を一層、小さくさせてお辞儀する。

「兄上。お久しぶりです」

騎遼が明るい声で言った。

「お前が女と手を繋いで宮中を歩くとは今日は雨か雪か。空が曇っているのはお前のせいだったのだな、騎遼」

『兄上』というからには第一公子か第二公子しかいない。つまり未来の王である。ぐぐっと彩蓮の頭が下がる。

「知り合いの娘です。母に挨拶《あいさつ》をと思いまして」

意味ありげな声で彼は言う。

「つまり、この娘を妻にしたいとこれから香妃に言いに行くつもりか」

騎遼が曖昧《あいまい》に肩をすくませると、『兄上』はポンポンとその背を叩《たた》いた。

「たしかに健康そうで美しい娘だ。きっと香妃も気に入るさ」

「ならいいのですが」

「お前のことだ。戦から帰ったら大臣の娘と縁組するかと思っていた」

「俺は面食いですからね、自分で妻は選びたい質《たち》なのです」

「当然だ。妻は美しい方がいいに決まっている。丞相《じょうしょう》の娘だか知らないが、永潤はよくあんな醜《しこめ》女を娶《めと》ったものだと前からおれは思っていたよ」

「……深いお考えがあったのでしょう」

「そう、深い『お考え』だよ。考えが深いからそうなるのだ」

嫌味っぽい言い方である。どうやら目の前にいる「兄上」は第一公子で、第二公子は宰相の娘を政治的理由で娶っているらしい。

「では兄上。俺の幸運を祈っていてください」

「もちろんだよ、騎遼。もし香妃が反対したらおれに相談してくれ。力になろう」

「心強いです。感謝いたします」

騎遼は拝手して礼を述べた。『兄上』は上機嫌で去って行き、彩蓮はやっと顔を上げた。不安顔の彩蓮に騎遼が再び手を差し出してくれ、彼女は迷ったすえそれを取る。

「誰だったの？」

「第一公子の恭文兄上だよ」

「なんであんな嘘をついたのよ」

「兄上の機嫌を取るためさ」

「機嫌って？」

「俺が後ろ盾のない遠縁の女と結婚すれば、後嗣争いから外れるから兄上は安心する」

「なるほどね」

「だからとりあえず、君は俺の想い人。母に許しをもらうためにここに来た。そういう設定で行こう」

「あとで違うってバレたら？」

「母上が結婚を許さなかったでいいだろう？」

「そうね」

設定などというものはどうでもいい。それよりこの地から湧き出るような悪い霊気の方が気になる。頭がぐらぐらとするような目眩《めまい》がし、眼の前が歪《ゆが》んでいるように見える。彼女は気が遠くなるのを止められなかった。

「彩蓮？」

騎遼の声が遠くで木霊する。

「彩蓮?!」

乱暴に体を揺さぶられた少女ははっと目を見開いた。

「どうした？」

「なんでもないわ……」

彩蓮は祖父が彼女を宮殿に連れて行かなかったのは、こうなることを知っていたからではないかと悟った。巫女《みこ》にはいろいろな能力の者がいる。その中で彩蓮は悪いものを感じやすい質で、それに関して無防備で自分を守る術《すべ》を知らない。だから宮殿の儀式に連れて行ってくれなかったのだろう。そう思うと少し心が晴れた。祖父や父を恨んだこともある。雑用ばかりさせるのも、今思えば、跡取りとして修業を積んで欲しいという思いからではなかろうか。皆がやりたがらない仕事から覚えて一人前に育てていくつもりなのかもしれない。

「あそこだよ、あれが陽明殿だ」

騎遼が指差した先には豪奢《ごうしゃ》な宮殿があった。ただしその高い屋根には烏が十数羽留まり、雨雲に陰る灰色の空に向かって気味悪い声でしきりに鳴いている。彩蓮はすでにこの建物が巫術《ふじゅつ》によって呪われているのを感じた。

「ここはまずいわ」

「まずいって?」

「まずいって言ったらまずいのよ」

彩蓮は衣の端をぎゅっと握った。こういう時に限って皇甫珪がいない。普段あまり役に立たない男だが、彼女が動けなくなるとさっと担いでその場から逃げてくれるし、彼の剣は邪気を払う。彼がいないと仕事にならない。彩蓮は座り込んだ。でも今は騎遼しかいない。心の中で舌打ちするも力を振り絞って立ち上がる。

「剣を」

「剣?」

「剣を抜いて空《くう》を切って。わたしは悪霊を祓《はら》う呪《じゅ》を唱えているからそのうちに、ここの邪気を浄化するわ」

剣は持ち主に似る。

戦から帰ったばかりの公子の剣がはたして邪気を祓えるのか心配だった。が、彼は躊躇《ちゅうちょ》なく剣を抜き、天高くそれを掲げたかと思うと、鈍い光を切っ先に集めたまま一気に振り下ろした。

彩蓮は風を感じた。

耳の横をかすめた一陣の風は、彩蓮の長い黒髪をなびかせると、邪気を一気に払って宮殿を駆け抜ける。吹き上げたそれは屋根にまで達し、集まっていた烏たちが勢いよく飛び上がって西の空に逃げていった。

見れば、公子の剣が陽の光を集めて輝いていた。

「どうだ？」

「悪くないわ」

悪くないどころか、公子の剣はキレがいい。異民族を討伐したのは、邪を祓うのと似ているのかもしれない。

「ならよかった」

しかし能力以上の力を使った彩蓮はもう限界だった。公子の横にしゃがみ込み、息を整える。騎遼が膝《ひざ》をついて、彼女の顔を覗《のぞ》き込んだ。

「大丈夫か」

「ええ……」

「どうした？　どこか痛いところはあるか？」

顔を近づけた騎遼に恥ずかしくなった彩蓮は顔を袖《そで》で隠した。

「そんなに顔を近づけないで」

「恥ずかしがり屋だな、彩蓮は」

公子は少女の頭を撫《な》でると腕を取って立たせた。まだふらふらしている彼女を支え、横抱きにする。皇甫珪はいつも彼女を背に担ぐから、そういう女らしい抱き方に慣れてはいない。彩蓮は紅潮した。

「なあ、君は俺が気に入ったのを知っているか」

「何を気に入ったの？」

「君をさ。俺は君を気に入った」

彩蓮は瞳《ひとみ》をぱちくりとする。

「さあ、行こう、俺の想い人。結婚の許しを得ないといけない」

6

香妃は柔らかな笑みが美しい、優しげな人だったが、後宮で生き抜いているだけあって芯《しん》は強いのだろう、穏やかながら静かに佇《たたず》む姿は凛《りん》としていた。運勢など見なくとも強運の持ち主であることは顔の相を見ただけで分かる。しかし、今はずいぶんと弱っており、紫の絹の布団が敷き詰められた寝台から起き上がれないままとなっていた。

「貞彩蓮と申します」

息子が女を連れてきたので何事かと身構えていた香妃だったが、彩蓮が『貞』と家名を名乗るとすぐに察したらしく、不安げに柳眉《りゅうび》を傾けた。

「どうして貞家の娘がここに？　人に知られたら何かあったかと思われますよ、騎遼」

「母上、張賢は呪詛《じゅそ》により死んでおりました」

「呪詛?!」

「それも蠱術《こじゅつ》だそうで、貞家が捜査をしております」

「まぁ、なんてこと」

彩蓮は顔を上げた。

「わたしはこの蠱術をした術者を捜しております。香妃さま、もし知っていることがあれば教えていただけませんか」

蠱術は呪詛の中でも一番強力な術である。口から毒としてその卵を飲まされれば、いつのまにか孵化《ふか》して内臓を喰《く》らいながら成長、繁殖する。あるいは生きたままその体を外から喰われ、死に至らしめる。蠱術の恐ろしさは誰もが知っている。香妃が袖で口もとを隠して青ざめるのは当然だった。

「恐れながら、これは香妃さまのものですか、公子さまから伺ったのですが――」

彩蓮は侍女に翡翠《ひすい》の指輪を手渡した。

「え？　ええ……。騎遼がそう言ったのですか。確かに間違いなくわたくしのものです」

「これを張賢が持っていたのです」

「随分前に宝石箱からなくなってしまったものですわ。でもなくなったことを大げさにしたくなくて、張賢だけに捜すように命じたのです。いったい張賢はどこで見つけたのかしら」

「張賢が誰かに恨まれるようなことはありませんでしたか」

「いいえ。とても人がよく皆から慕われていたように思いますわ。誰かを恨んだり恨まれたりするような者では決してなかった。皆にも聞いてみるといいわ。きっとそう言うでしょうから」

香妃の言葉の通り、陽明殿で働く者を集めて事情を聞いたが、張賢を悪く言う者はおらず、口が軽そうな若い宮女に尋ねてみても「大変よくしていただきました」と答えが返ってくる。どうしても欠点を言えと言われて絞り出すように出てきたのはただ一つ「気が弱いところ」で、指輪を盗むような大胆なことをするような人間には彩蓮には思えなかった。やはり、どこかで指輪を見つけたのか。

「そうですか……やはり何か事件に巻き込まれたのかもしれません」

「張賢はわたくしが入宮したときから仕えている者です。指輪を盗んだとは思えませんわ」

彩蓮は頷《うなず》いた。

「でも――お金に困っていたとは聞いています」

「どうしてそれをご存じなのですか」

「張賢が直接わたくしにそう言ったのです。お金を都合してくれないかと。親族に病の者がおり、入用だと言っておりました。二度は用立ててやりましたが、賭《か》け事をしているという噂を聞いて三度目は断ったのです。そのあとに指輪はなくなったのですわ」

騎遼が茶を飲む手を休めて言った。

「指輪を盗んだのは、金に換えるためだったのかもしれないな。張賢が死んだあたりは金貸しが多いところだ」

そうかもしれないと彩蓮も思った。

「この指輪にはわずかに呪《じゅ》の気配が残っています。つまりその持ち主を殺すために指輪を目印にしたんです。張賢はそれを知らずに指輪を盗んで蟲《むし》を集め、呪い殺されたのではないでしょうか」

「そう考えるのが自然だ」

騎遼の言葉に香妃が手巾《しゅきん》を握りしめながら頷く。

「彩蓮。この建物が呪われているというのは本当か」

「ええ。建物のどこかに呪具《じゅぐ》が埋まっているはずです」

「呪具とはどんなものだ」

「呪いの人形《ひとがた》か、札《ふだ》か、そういうものです。流派によって違うから一概には言えないけれど、建物の中や軒下を捜さないと」

「きっと呪っている人物の手がかりになる」

「そうですね」

彩蓮はあたりを見回した。宮殿は東西南北を意識して作られている。正殿のある方が北であるから、こちらは北東にあたる。彩蓮は外に出てみた。日が落ちた外にぽつりぽつりと雨が降り出し、乾いた地べたを濡《ぬ》らし始めている。

「皆に軒下に不審なものはないか捜させて。とくに北東を中心に」

「分かった」

騎遼が指示を出している間、彩蓮は邪気を祓《はら》い、身を清めるために細雨に打たれていた。もともと霊感は不安定で、ある日突然、強い力を発したかと思えば、天気さえも占うことができない日もある。ましてやここまで強い悪気の巣にいれば勘は鈍る。

「風邪を引くぞ」

騎遼が彩蓮の肩に上着を重ねてくれた。

彼女は暗澹《あんたん》とした瞳を彼に向ける。

「なんだかはっきりしないのよ」

「何が？」

「未来も、この件も、犯人像も。わたしの巫覡《ふげき》の能力では限界があるわ」

「でも犯人はだいたい見当がつく」

「誰があんな優しげな香妃さまを恨んでいるというの？」

「成王后《せいおうごう》だよ。成国《せいこく》から嫁いできたこの国の正妃で第二公子の母でもある。俺を太子候補にしないためにやったことだ」

「では第一公子とその母も容疑者？」

「いや。第一公子の母は我が母とはいとこ同士だ。この後宮ではずっと助け合ってきた間柄だ。害するとは考えられない」

「なるほどね」

しかし、そこまで分かっても関わるのは危険すぎる。彩蓮が命じられているのは張賢を殺した蠱術士を捕まえることである。でも好奇心と正義感にあふれる彼女が真の犯人に目をつぶることはできない。もちろん母親を呪われている騎遼も同様だろう。

「成王后が犯人だという証拠を見つけるのを手伝ってくれないか」

「ええ、そうね……あんな香妃さまは見ていられない。わたしにできることは手伝うわ」

「恩に着る」

7

そして夜の帳《とばり》が下りた頃、軒下どころか庭まで掘り起こされて、見つかったのは、女の人形だった。ただし着ている朱色の衣の文様がこの辺りのものとは違う。刺繍《ししゅう》が施され、後ろで結んだだけの髪型は異民族、胡族のものと思われる。そこに針がささり、呪いの言葉を記した絹が巻きつけられていた。

「これをどうしたらいい」

「すぐに焼かないと」

彩蓮は必ず他にも呪具があるはずだと捜させたが、既に暗くなってしまったその日は見つからなかった。髪の毛や呪いの札。胡族ならば家畜の心臓などを使う。引き続きそういったものがないか捜すように言って、彩蓮は呪を唱えながら、竈《へっつい》の中に人形を放り込んだ。一昼夜、火を絶やさずに燃やせば呪いは消える。

「どうした？」

「もう帰りたい。疲れたわ」

いつもは何に対しても輝いている瞳《ひとみ》が、色を失い疲れを見せたので、騎遼も引き止めはしなかった。

「送って行こう」

こんな悪気にまみれた場所は初めてであるし、人が人を恨み殺し合うという現実やそこに住む人々の生活を垣間《かいま》見ると、悲しくなってくる。戦場で鍛えた公子は彩蓮の小さな体を抱えた。

「あのっ」

「大人しくしていろ。もう死にそうだっていう顔をしている」

「宮殿はよくない場所だわ。あなたにとってもそう」

「でもな、彩蓮。ここで生まれてここで育てば、淀《よど》んだ井戸の水しか飲んだことのない市井の子らが、汚い水を飲んでも腹をこわさないように、汚い空気を吸っても平気な俺みたいな人間ができるんだよ」

騎遼が自嘲《じちょう》する。

「本当にあなたはこの空気に飲まれていないわね」

「ああ。戦場よりはここの空気はずっといい」

「……下ろして。歩けるわ」

「君をちゃんと返さないと皇甫珪に殺される」

「殺しはしないわ」

「とても心配そうだった」

「義兄なの」

「なるほど。義兄か」

「ええ」

「それだけか？」

「え？　ええ。護衛でもあるけど」

騎遼はそれ以上何も言わずに彩蓮を抱いたまま歩き続けた。しかし、その足がふと止まる。回廊の向こうから着飾った女たちがこちらに近づいて来るのが見えたからだ。中央にいるのは、太めの眉《まゆ》が印象的な高貴な中年の女性である。騎遼はそれを見るなり顔色を変え、つま先を方向転換させた。そして空き部屋へ入り込むと彩蓮を抱きしめる。

「あの」

「しっ。静かに。成王后だ。見つかれば厄介だ。やりすごそう」

「でも、あの――」

影が横を通り過ぎていく。彩蓮は男の気配に恥ずかしさと戸惑いでいっぱいになった。そして皇甫珪を思い出す。なぜかは分からない。急にあの髭面《ひげづら》が頭に浮かんですぐに打ち消した。

「さあ、行こう。歩けるか、彩蓮?」

「ええ……」

衣擦《きぬず》れの音が遠のくと、何事もなかったかのように騎遼は彩蓮の手を引いて再び歩き出す。気まずい間を感じた彼女は早口に言った。

「香妃さまに魔除《まよ》けの札《ふだ》を渡すのを忘れたわ。わたしのよりお祖父《じい》さまのものの方が強力だからそれを届けさせる。それを部屋の四隅、建物の八方に貼れば大抵の呪詛《じゅそ》からは守られるはずよ」

「それは助かる。母上も札があれば安心して眠れるだろうから」

「でも、あれだけ捜して呪具が一つしかなかったのは不思議だわ。普通は三つあるはずなのに」

「母上は運が良かったのかもしれないな。陽明殿の警備が堅くて、他の呪具を埋める時間がなかったのではないか? だから呪者は、呪いを完成させることができなかったんだと思う」

「そうね。きっとそうよ。だって三つの呪具が揃って呪いが完成していたら香妃さまの命はもうなかったかもしれない。でも心配だから、引き続き呪具を捜させて」

「……分かった」

「あとは術者を見つけないといけないわね」

「呪具を燃やしてしまったから証拠がない」

「胡人の使う呪具だったわ。人形は危険だから燃やしたけれど、呪いの文字を書いた絹はとってあるの。胡語なのは間違いないから、あとは家に持ち帰って調べてみる。手がかりは残されているわ」

「うむ」

雨が本格的に降り始め、彩蓮の肩を濡《ぬ》らした。

「行こう、皇甫珪が待っている」

二人は水たまりをまたいで走り出すと、馬車へと急いだ。すぐに皇甫珪が、馬車の中で待たずに、ずぶ濡れになって外を行ったり来たりしているのが見えた。彩蓮は手を振ろうとしたけれど、それより先に向こうが彼女の顔を見つけ、松明《たいまつ》を持って全速力で走って来る。

「どうしたのです⁈　青い顔をしているではありませんか」

「ちょっと力を使いすぎただけ」

「早く中にお入りください」

彼は過保護に彩蓮を馬車に乗せた。そしてちらりと公子を見たが拝手せずに自分も乗り込む。

「じゃあな、彩蓮」

「ええ。香妃さまによろしく伝えて」

騎遼は皇甫珪に気を遣ってか、それ以上なにも言わずに手を振った。動き出した馬車を、暗闇が四方から包んでいた。


彩蓮は馬車の中で宮殿であったあらましを皇甫珪に話して聞かせた。

髭面の義兄はそれをずっと黙って聞いていたが、彼女が話し終わると、静かに口火を切った。

「香妃が成王后と険悪なのは誰もが知っていることです。香妃に寵愛《ちょうあい》を横取りされたと恨んでいるという噂もあります。呪詛されているならば真っ先に王后を疑って当然ですね」

「やっぱりそうなのね」

「王后は、胡人の呪いの人形を使って香妃を呪詛しようとしたけれど、なかなか死ぬ様子がないので、しびれを切らせて蠱術《こじゅつ》に変えたのでしょう。呪いの込められた指輪を張賢は知らずに持ち出し、金に換えようとして蠱《むし》に襲われた――」

「うん、うん。公子とも同じ結論に至ったわ。香妃さまは運がよかったのよ。あとは術者がどこにいるかということね」

「貞家にいる巫覡の中で、方角の卜占《ぼくせん》が得意な者に占わせたらどうですか。正確な場所は分からなくてもだいたい都のどのあたりかぐらいは分かりましょう」

「ええ。人形と一緒に納められていた呪いの言葉が書かれた絹があるの。それを使って屋敷に帰ったらさっそく占ってもらいましょう」

展望が見えてきた。

こういう事件に長く関わるのはよくない。早くことの顚末《てんまつ》を報告書にまとめて提出してしまいたい。彩蓮は青白い顔をわずかに明るくして皇甫珪に燭台《しょくだい》の横で微笑んだ。

「公子にもそういう顔を見せるのですか」

「え？」

「若い娘だということを自覚しないと痛い目にあいますよ」

「なんかよく分からないけど、皇甫珪ってばジジ臭いことを言うのね」

「もう俺は若くはありませんからね」

皇甫珪は公子とのことを案じているようだった。何もないし、これからも起きようがないと思うのに、彼は「ああいう男は信用ならないのです」とか「彩蓮さまは、貞家の未来の家長だということを自覚してください」などと言う。まるで乳母だ。

「はいはい」

「はいは、一回で十分です」

「うるさいなぁ――」

彩蓮は面倒くさくなって適当に受け流そうとした。しかし、義兄の説教は止まらない。良家の女とはこうあるべきだとか、貞家の伝統はどうだとか。まるで生まれた家であるかのように貞家の掟《おきて》を語って聞かせる。ほんの数年しかこの家にいないというのに、まったく小うるさい。彩蓮は我慢の限界に達し、今度は本気で「うるさい」と言ってやろうと口を開きかけた。が、その時、馬車が急に止まったので、二人は馬車の中で転げ抱き合う格好となった。

「何よ、全く！」

「見てきます」

皇甫珪は剣を持って馬車を降りた。彩蓮は少し簾《すだれ》を上げて外の様子を見た。雨は小降りとなっているが、夜の闇は都の大路を覆い、どこからか流れてくる殺気に身震いをした。

――何？　何が起こっているの？

呪者《じゅしゃ》ではない。

黒衣に覆面をした生身の人間が三人、剣を抜いて構えている。

皇甫珪も鞘《さや》を払った。

刺客だ。

彩蓮はさっと血の気が引いて柱をつかむ。蠱は怖くないが、彼女は「人」が怖い。恨みや殺意、あらゆる悪意を作り出す「人」というものが恐ろしかった。しかし、戦に身をおいてきた皇甫珪はそうではないらしい。蠱をあれほど恐れ嫌っていたというのに、武人らしく背筋を正すと、先に切り込んだ刺客の剣を受けて弾《はじ》いた。そして次に襲いかかった刺客の胴をすれ違いざまに斬ると、後ろから向かってきた男の剣を十字に止める。そして一瞬の隙をついて身を翻し、男の鳩尾《みぞおち》を蹴《け》って地べたに転がした。

しかし敵もさるもの。

すぐに体勢を整えて襲ってくる。

「誰の命令だ！　なぜ我々を狙う！」

皇甫珪が怒鳴ると、覆面の男の一人が低い声で言った。

「これは警告だ。例の件に関わるな」

例の件――もちろん、蠱毒《こどく》事件のことだろう。刺客は三人同時に皇甫珪に襲いかかった。右から剣で突かれ、左がおろそかになった瞬間、彼は大きく重心を崩して左腕に鋭い刃《やいば》を受けた。警告が目的だと言った通り、「引け」という声とともに黒ずくめの男たちは夜の闇の一部となって消えて行った。

「皇甫珪、大丈夫⁈　怪我はない⁈」

「大丈夫です、袖《そで》が切れただけです」

「なかなかの遣い手だったわね」

「警告でなければ殺されていました」

「都衛府を呼ぶ？」

「いえ。それはやめた方が良さそうです。大事《おおごと》にすれば、公子や貞家にも迷惑をかけます」

皇甫珪が地べたから何かを拾い上げた。見せたのは、印綬《いんじゅ》である。

「名前が書いてあるわ」

松明の明かりを頼りに文字を追う。

「成勇青《せいゆうせい》？」

皇甫が渋い顔をした。

「成勇青は第二公子の従弟《いとこ》に当たる男で、今は禁軍勤めの武官です。身分が高いだけではなく、腕も立つ。間違いなくあれは成勇青でしょう」

「ではやはり――」

「そういうことになりますね」

黒幕は王后だ。そうとしか考えられない。

あとは呪者を見つけるだけだ。

「絶対に捕らえてみせるわ！」

彩蓮は拳《こぶし》を高々と天に掲げた。

8

屋敷に帰り、彩蓮は刺客に襲われ、警告されたことを父親に告げると、すぐに方位を当てることに長《た》けている巫覡《ふげき》に蠱術士のねぐらを捜させた。金色に磨かれた銅盆に水を張り、証拠の絹を細かく刻んだものに方位を書いて、最後まで沈まずにいた方角が術者の居所となる。証拠の呪具《じゅぐ》の文字も解読され、間違いなく胡人による術であることが判明した。

「南西の水があるあたりです」

皇甫珪が地図を開く。

「陽沼《ようしょう》という沼があります」

「そのあたりね」

「準備を整えさせます」

「お願い急いで」

貞家では皇甫珪のような武術に長けた護衛も多く雇っているが、相手は異国の巫覡である。どんな手を使ってくるのか分からない。二十人あまりの巫覡を彩蓮は選ぶと、前庭の階段の上に立った。

「相手は胡人の術者よ。能力は高く蠱術さえ使いこなす。こちらに巫術《ふじゅつ》で攻撃を仕掛けてくる可能性もある。皇甫珪の指示に従って動いて。くれぐれも身の安全を第一に考えてね」

「はっ！」

一糸乱れぬ身の動きで、全員が馬に乗った。

貞家の巫覡には儀式を執り行う者もいれば、卜占《ぼくせん》が得意な者もいる。あるいは風や気を使って人を攻撃できる者もいる。彩蓮は残念ながらどれかに特別、長けているというわけでもない。それでもこの調査の責任者であり、貞家の直系である。宮殿勤めの父に代わって初めて指揮をすることになった。

「行きましょう」

「はい」

皇甫珪が手を上げて出発の合図をした。先頭には馬に相乗りした盲目の覡《かんなぎ》。人や物の位置を言い当てる能力がある者だ。彼の指差す先を目指し、皆が手綱を取る。

「急げ！」

皇甫珪の掛け声とともに馬蹄が道の泥を蹴り、冷たい雨が肩を濡らす。

警告されたのはつい先程とはいえ、隠れ家をすでに引き払っている可能性がないでもない。これは貞家の面子《メンツ》にも関わる問題である。この国で呪術《じゅじゅつ》を使って良いのは今も昔も貞家のみ。それを知らしめるためにも、決して失敗は許されない。さもなければ異国の巫覡がこの国でのさばり、景国の安寧は損なわれるだろう。

「あそこです」

指差された先は、廃れた廟堂《びょうどう》だった。庭は荒れ放題。屋根は傾き、そこから雑草が生えている。沼が近く湿気が多かった。

こういう陰気な場所は妖《あや》かしや一匹狼の巫覡が住み着きやすい。

「人の気配がします」

巫覡の言葉に皇甫珪が指示を出した。

「四方を固めよ」

彩蓮はここから先は皇甫珪に任せることにした。禁軍にいたときに十分な訓練を受けているし、巫覡一人ひとりの能力も熟知している。なまじ経験のない彩蓮がするよりずっと上手《うま》くことを運ぶことができるだろう。

「かかれ！」

彼の合図とともに巫覡にしか聞こえない笛が鳴り、いっせいに門からそして塀から貞家の者たちが廟堂内に入り込む。相手はちょうど荷造りをしていたところで、こんなに早く隠れ場所を見つけられるとは思っていなかったのか、大慌てで出てきた。皆、髪は茶色く、顔の彫りが深い西方の異民族の巫覡ばかりである。

「何者だ！」

「我らは景国の巫覡。この国で異国の巫覡の活動を禁じているのを知っているであろう」

皇甫珪が剣を抜く。

「雇い主の名を言えば、温情により生かしてやる」

「馬鹿を言うな！」

頭と思《おぼ》しき年老いた男が配下の者に交戦を指示した。すると、すぐに気が竜巻のようになり、こちらへと襲ってきた。顔を腕で防御する皇甫珪。すかさず配下の巫覡が札《ふだ》を投げて気を封じる。しかし、次々に呪術が攻撃に使われ、呪いが異国の言葉で吐かれては、こちらも景の言葉で術返しの呪文《じゅもん》を唱える。呪《じゅ》と呪がぶつかりあって空気が爆《は》ぜ、爆音が鳴る。降ってきた建物の破片から、皇甫珪が覆いかぶさるようにして彩蓮を守った。

「わたしのことはいいわ。続けて！」

「はい！」

すぐに貞家の巫覡が三人前に出て、雨粒を石に変えると四方に放ち、指に黄色い札を構えた。

「これでどうだ！」

すると赤い字で呪が書かれた札が短剣のように飛んで、敵の頭目の右腕を切り、左足をかすめた。がくりと膝《ひざ》をつく。間髪をいれずに皇甫珪が飛びかかり、剣を首元にぴたりとつけて、札をその額に貼った。

「動けば、頭《かしら》の首を斬る！　武器を捨てよ！」

首領が囚《とら》われては、部下は手も足も出ない。

皆手にしていた武器や呪具を捨て、投降しようとした時だった。急に老人の顔が青くなり首を押さえたかと思うと、血を吐いた。地べたを汚した血は、つぎつぎに異国の巫覡たちに伝染し、皆が血を吐く。どういうことか分からないまま皇甫珪が叫んだ。

「おい！　どうした?!　おい！」

毒だ、とすぐに悟って巫医《ふい》が慌てて診るも、既に手遅れ。強い毒を予《あらかじ》め飲んでからの最後の攻撃だったのだと気づくと彩蓮はがっくりとした。

「黒幕を吐かすことができませんでした。申し訳ありません」

しかし内心の落胆を隠して彩蓮は言った。

「吐かせる必要はあったの？　成家の者がこの件に関わっているのは明らかだわ」

「しかし、証言がなくては――」

「お祖父《じい》さまから与えられた任務は、蠱毒《こどく》を使った巫覡を見つけることよ。この隠れ家の荷を確認いたしましょう」

彩蓮が言うとおり、蠱《むし》の入った瓶が見つかり、王后が書いたと見られる香妃暗殺の密書も見つかった。追及の手が成王后にまで及ぶかは分からないが、少なくとも成勇青は呪詛《じゅそ》を指示した犯人として罰せられることだろう。

「一件落着ね」

「はい……」

彩蓮は雨が上がった空を見た。朧月《おぼろづき》が、黒い雲のまにまに見え隠れしていた。


十日後――。

王から彩蓮に褒美が下賜された。

開いてみれば、金銀の簪《かんざし》、絹、美しい鼎《かなえ》の香炉など若い女が喜びそうなものが勢揃いである。皇甫珪に買ってもらった衣もいいが、新調するのもいい。彩蓮は体に絹を当てて鏡の中を眺めてみた。悪くない。普通の貴族の娘に見える。彼女は長椅子に足を伸ばして書物を読んでいる皇甫珪を振り向いた。

「どう？」

「まぁ、いいんじゃないですか」

彩蓮はむすっとする。

「なんでそんな反応なのよ。お世辞の一つも言えないの？」

「今回のことがすっきりしないのです」

「何がすっきりしないの？」

「報告書で成勇青が関わっていたことをそれとなくほのめかしたのに、誰も処罰されなかった。成王后など未《いま》だに後宮でふんぞり返ったままです」

「それが政治というものよ。たとえ成有青が処罰されたとしても蜥蜴《とかげ》の尻尾《しっぽ》切りで終わったわ。王さまもそう簡単に王后を廃位できないでしょうし」

「知った顔をしますね」

「だからわたしが言ったじゃない。この調査の目的はそもそも関わった巫覡を見つけることで、首謀者を見つけることじゃないって」

「そういうのがすっきりしないんですよ」

彩蓮は鏡の前にあった香妃の翡翠《ひすい》の指輪を手に取った。もう呪いは解けている。もとの持ち主に返しても安全である。

「これをあの人に返しておいて」

「あの人？　公子騎遼ですか」

「そう。香妃に返すように言ってくれる？」

彩蓮は渡そうとしてふと手を止めた。

そして自分の親指にはめてみた。

──大きい……。

香妃の持ち物にしては指輪が大きすぎる。そもそも宦官《かんがん》の張賢の死体の指から発見されたのだ。

「皇甫珪……これ男ものよ……」

「え？」

皇甫珪は立ち上がり、彩蓮から受け取ると自分の中指にそれをはめてみた。大体同じ指の太さである。二人は顔を見合わせる。なぜ香妃は自分のものだと言ったのだろうか。いや、彼女のものである可能性は十分ある。遺品であるとか、王から頂いたものだとか、でも二人は引っかかったのである。

「皇甫珪さま……」

戸の向こうから声がした。貞家の警護を任されている皇甫珪の部下である。

「どうした？」

皇甫珪は戸口まで出ていき、しばらく声を落として話をしていた。

その声は彩蓮には聞こえなかったが、良くない知らせが入ったことは分かった。

「どうしたの？」

暗い顔で戻ってきた髭面《ひげづら》男に彼女は尋ねた。

「第一公子がお隠れになりました」

「え？」

「第一公子が薨去《こうきょ》されたのです」

第一公子といえば後宮ですれ違った嫌味な男だ。死にそうにはとても見えず、元気だった。彩蓮は説明を求めようと義兄を見上げた。

「呪詛によるものだそうです」

「まぁ」

「すでに巫覡《ふげき》が参内して、呪術の形跡があったことを確認したそうです。建物の中や寝台の下から呪《のろ》いが書かれた札が見つかり、香炉からは呪術に使う特殊な香が発見されました。いずれも異国のものだそうです」

では、その犯人は当然、第二公子の母である成王后だろう。

そう考えて、また喉《のど》に何かつかえたような気分になった。

「初めから何かを間違えていたような気がするわ、皇甫珪」

彩蓮はこの事件をゆっくりと組み立て直した。

男ものの指輪。

胡人の巫覡たち。

公子たちの後嗣争い。

この件で誰が一番得をしたか？

彩蓮ははっとした。

「公子騎遼よ！」

皇甫珪が驚いて顔を上げる。

「あの人よ！　あの人がすべての根源！」

ゆっくりと誤った道へと誘導されていたのではなかったか。

香妃が呪われていると言ったのもあの男だし、成王后が怪しいと言ったのもそうである。指輪が香妃のものだと言ったのも彼だった。ずっと騎遼の言葉を信じて調査を行っていた。しかも、第一公子が死んだとあれば、疑われるのはそれ以前に香妃を殺そうとした余罪のある第二公子の母、成王后だろう。王が王后を罰するのを躊躇《ちゅうちょ》しても二度目となれば、庇《かば》いきれまい。そして証拠はすべて成王后に不利に揃うはずだ。

「利用されたのよ！　わたしたちは！」

第一公子が、第二公子の母である成王后によって殺されたと断定されれば、二派が、共倒れする。漁夫の利を得たのは、ただ一人――。

「蠱術《こじゅつ》騒ぎは、公子騎遼の自作自演だと言うのですか」

「ええ。初めからよ。宦官の張賢が街で死んだのも、わざと呪いの込められた指輪を渡して街で死ぬように仕向けたのよ。なにしろ宮殿で死んだら闇に葬られてしまうけど、街でなら役所か貞家が乗り出してくるのは明らかだわ。刺客が成勇青の印綬を落としたのもそうよ。貞家が報告書に、事件は『王后の甥《おい》』の仕業と書けば、それは必ず事実として処理される」

「しかし、宦官はなぜ街にいたのでしょうか。宮殿から出るのは簡単ではなかったはずです」

「理由は、公子騎遼に聞くしかないわ。どうせ張賢に何か用事を言いつけて宮殿の外に出したとかではない？　この指輪を誰かに届けろとか言って」

「では我々が街で会ったのも偶然ではないと思われますか」

「そうよ。誰かがわたしたちを見張っているような気がずっとしていた」

「だから言ったではないですか。ああいう色男には気をつけろって」

「あなただって騙《だま》されていたじゃない！」

彩蓮は下賜された宝物を見た。茶番だ。思い返せば、なぜ蠱術で死んだ死骸《しがい》が、河に浮いていたのかというところにまで行き着く。野犬の仕業かとも思ったが、人の手が入らなければ遺体は移動しない。さすがの騎遼も蠱が寄生して危険な遺体を街の真ん中に放置はできずに巫覡に命じて川に捨てたのだろう。

「許せない！　わたしを利用するなんて」

胡国へと討伐に行った騎遼には、そこで呪者《じゅしゃ》を捕らえてくることなどわけないことだっただろう。そして何らかの弱みを握って捨て駒にする。胡国の巫覡たちがあっけなく皆で毒死したのはそういう理由だったと思えば納得がいく。

「はじめから分かっていたのに――」

彩蓮は初めて彼に会った時、強い光と影を感じた。眩《まぶ》しくて仕方ないほどの光と、深く恐ろしい闇。きっと彼は王になる。しかし、美しいやり方ではなく、闇から闇へと生き残りをかけて戦う人となるだろう。それは王となっても変わらず、閃光《せんこう》と闇の中で生きていく。

「本当に情けないわ」

「仕方ありませんよ。あなたの責任ではありません」

「でも――」

「政治はなかなか難しい。それに太祝さまが、この事件の責任者にあなたを選んだのは正しい答えを見出《みいだ》すことをたぶんご存じだったからではありませんか」

「お祖父さまが？　そうかしら？」

「ええ。政治は闇ですからね。真実を導き出すことが正しい答えとは限りません」

彩蓮は眉《まゆ》を情けなく垂れた。それに皇甫珪が肩を叩《たた》いた。

「さあ、甘い物でも食べに行きましょう。我らが悩んでも仕方ないことです」

「そうね」

彩蓮は下賜品を放り投げて皇甫珪にもらった碧《みどり》の衣に袖《そで》を通した。

第二章　天上の土

1

暑い夏を越し、初秋となった。

彩蓮は皇甫珪の母で彩蓮の父親の妾《しょう》にあたる蘭容《らんよう》に絹の衣を縫って貰《もら》ってご機嫌で鏡の前にいた。淡萌黄《あわもえぎ》色《いろ》に蘇芳《すおう》の襟を付けた外出着である。普段、巫女《みこ》として白い衣しか着ることができない彼女がこうした色のついた衣を誂《あつら》えてもらえたのにはわけがある。

それは——。

宮中ではもうすぐ「歩《ほ》」と呼ばれる儀式がある。釣り鐘式の編鐘《へんしょう》や神鼓《じんこ》と呼ばれる銅鼓の音に合わせて王や巫覡《ふげき》が土を踏み、地下に住む悪霊を退治するという太古の除霊を儀式化したもので、彩蓮はそこで披露される九人の舞手の一人に選ばれた。舞により悪霊を浄化し天に帰す大役である。

寝る間も惜しんで練習し、誰よりも華麗に舞うことができるようになった頃、具合が悪く長らく儀式を欠席していた巫女が、出たいと言い出した。出る人数は決まっている。彩蓮は考えた。ここで諦《あきら》めるのは、家長の孫である自分だろう。貞家も巨大な一族である。いろいろしがらみがあるのだ。

本当は出たいくせに、大人ぶって役を譲った彩蓮だったが、やはり悲しくて、こっそり泣いていた。それを父親の貞冥《ていめい》に見つかった。頑張っていた娘の姿を見ていただけに貞冥は可哀そうになって、彩蓮がずっとお願いしていたことを叶《かな》えてやる気になったのである。

「王さまから頂いた絹で衣を誂えて出かけてはどうだ？」

そんなわけで彩蓮は、大変機嫌がよく鏡の前で新調した衣に袖を通して気持ちが悪いほど微笑んでいる。

「それで？　どこへ行くんです？」

皇甫珪はいささか迷惑そうにしていた。彩蓮は一人での外出を禁じられているので、いつも護衛と一緒に出かけるのだが、十七の少女と三十路《みそじ》の皇甫珪では行きたいところが違う。皇甫珪が彩蓮の「お願い」に抗《あらが》えるはずはないのだから、髪飾り屋だの、甘味屋だの、少女趣味のお芝居などに連れ回される。それが面倒なのだし、恥ずかしくもあるのだろう。

「何か不満そうね」

「別に不満ではありませんよ」

「家にいて祭祀《さいし》用の肉の解体をしているのとどっちがいいのよ」

「だから行きますってば」

「もっと『やった！　お供できる！』って感じにならないかなぁ」

皇甫珪は気が乗らなそうに頭を掻《か》く。彩蓮は唇を尖《とが》らせた。

「ああ、せっかく皇甫珪が見に行きたいって言っていた馬の市場へ行こうかと思っていたのに――」

「それを早く言ってください！」

「お父さまがわたしに馬を買ってくださるって」

「本当ですか?!」

「ええ。ほら、あの例の件でお金が入ったから……」

小声になるのは、春に後味の悪い蠱術《こじゅつ》騒動を片付けたせいである。結局、成王后は呪詛《じゅそ》で第一公子を殺した犯人として廃され幽閉された。もちろん、第二公子も連座して後嗣争いから脱落し、その舅《しゅうと》の丞相も官位を追われた。そして残った公子騎遼が、それは太子になることが決まった。彩蓮は、これは公子騎遼の策略だと見ているが、それは想像でしかなく証拠は何一つない。

「まさか、その金《きん》を受け取ることにしたのですか」

「金を褒美として受け取ることにしたのはお父さまよ」

「でも馬を買うんでしょう？」

「わたしの馬ってことはあなたの馬みたいなものじゃない」

「受け取るのはまずいのではありませんか。公子に肩入れしたことになります」

「別にわたしは馬なんて必要ないのよ。馬車の方が快適だし。でもあの事件でわたしはたくさん下賜品を受け取ったけど、あなたは何にも貰ってないじゃない。結局禁軍に入るって話も勝手に断ってしまうし。馬を買ったらと言ったのはお祖父《じい》さまよ。他の家人の手前、居候のあなたに馬を買ってやれないから、わたしのってことにするように言ったのだと思ったんだけど」

「それは……」

「でも、あなたがいらないのなら、わたし、前から欲しかった玉の腕輪を買うわ。それに晴れ着用の絹と、佩玉《おびかざり》も、あと――」

「待ってください、待ってください」

　彩蓮は清水に住む魚ではない。自分を泥の中に住むタニシみたいな人間だと思っている。聖人を気取って「衆人は皆酔い、我一人醒《さ》めたり」など詠《うた》ってもいいことなど起こりやしない。後ろめたいが、政治的には、長いものに巻かれるのが正しい道で、父も祖父もそれに異を唱えないだろう。彼らは、国一番、未来を視ることのできる人たちだから、本当は成王后の陰謀ではなかったことぐらいお見通しに決まっている。真相は公子騎遼の自作自演で、第一公子を呪詛で殺し、疑わしい成王后にその罪をなすりつけた事件だったと気づいている。それを言わないのは、真実を言うことが、巫覡にとって時に不吉であることを知っているからである。政治とはそういうもので、巫覡この振る舞いこそが、貞家が二つの王朝において最高位の巫覡の座を保ち得た理由である。


「やはり馬を見に行きます」

「じゃ、馬車を用意して」

彩蓮と皇甫珪はほんの少しの罪悪感をあえて無視して門を潜った。欲しいものは欲しい。その俗物的欲で生きている。すると、そこに立派な三頭立ての馬車が横付けされた。嫌な予感がする。御簾《みす》が上がった。

「どこかに行くのか？　ちょうどいい。俺の馬車に乗っていけ」

彩蓮はむっとした顔をした。

皇甫珪は金《きん》の入った巾着《きんちゃく》を背に隠す。

しかしまるで全てお見通しのように男はにこりと微笑む。

「公子騎遼、何の用？」

「たまたま通りかかったところに君がいたので声を掛けたのだよ」

「よく言うわ。ここはうちの門前よ!」

「そうだったか?」

皇甫珪が彩蓮の袖を引く。相手はもうすぐ正式に太子になる。つまり次の王だ。そんな口を利くなということなのだが、彩蓮は平気だった。こっちは弱みを握っているし、彼が言ったのだ。「友達」だと。それに騎遼は無礼な言葉を吐く彩蓮を楽しげに見ていた。

「まぁ、乗れ」

「結構よ……どうせ、うちに来るつもりだったんでしょう?」

「君に逢《あ》いたかったからね」

「ふん」

「妻にしたいと言ったのは本心で今もこれは有効だよ」

「もう騙《だま》されないんだから」

「俺は君のことが気に入っている。とても賢いからね」

「褒めているの? けなしているの?」

「もちろん褒めているさ。さあ、馬車に乗って。俺は、こんなところで女を口説く身分ではないんだ」

「上がっていきなさいよ。茶の一杯も出すわ」

彩蓮は馬車に乗るのを断ろうとしたが、騎遼の護衛、五人ばかりが問答無用で囲ったから彩蓮と皇甫珪は乗るしか選択肢はなかった。座った途端、歯の浮くような台詞《せりふ》である。

「見ないうちにいっそう美しくなったな、彩蓮。君ほどの涼やかな瞳《ひとみ》の女は後宮にもそういない」

「あなたも相変わらず滑らかな舌ね。都にもそうはいないわ」

「その衣《きぬ》もよく似合っている。俺が選んだものだ」

「…………」

「別に礼の言葉はいらないよ」

彩蓮は口を尖《とが》らせた。

「礼の言葉はこっちが欲しいぐらいだわ。いつ太子になるの？」

「来週だ。だが、分からない。しばらく延期になるかもしれない」

「え？　なんで？」

「それを言おうと思って君を訪ねたんだよ」

「何か悪いことね。相談事なら祖父か、父にするといいわ。ちょうど今日は二人とも家にいるわよ」

「俺は君がいい」

「それほどわたしは『賢く』はないわ」

騎遼は笑った。そして袖《そで》から白玉《はくぎょく》の白粉《おしろい》入れを取り出すと彩蓮と皇甫珪の二人の前に出す。赤黒い札が貼られて厳重に封じられている。彩蓮は眉《まゆ》を顰《ひそ》め、皇甫珪は身を引いた。今日、二回目の嫌な予感である。

「これは？」

「さあ」

「さあ？」

「俺には何かさっぱり分からない。漁師が見つけて役所に届け出た。俺の部下がそれを見つけて都に持ち帰ったが、何かが分からない。危険そうなものであるのは確かだ。とにかく開けてみてくれ」

「いやよ。何が入っているか分からないものを開けるなんて。そういうのは祖父に見てもらった方がいいわ」

「太祝に渡せば、公事になるし、貞家がでしゃばるだろう。君は俺の友人としてちょっと相談に乗ってくれればいいって話なんだ」

都合のいいように使われているだけである。でも断れないのは知っている。この男はなかなか強《したた》かで危険であるだけではなく、この国の次の王である。少しでも気に入らないことがあれば、秀麗に微笑みながら彩蓮どころか貞一族さえもその手にかけることだろう。

「分かったわよ。まったく。開ければいいんでしょう」

「あのぉ、俺は外に出ていてもいいですか」

「皇甫珪！　だめに決まっているでしょ！」

臆病《おくびょう》な皇甫珪はいつでも馬車から飛び降りることができるように御簾を握りしめる。

彩蓮はまず器に耳を当てた。ぎゅうぎゅうと玉の器を押す音がして、水平な場所に置くと器自体が小刻みに揺れているのが分かる。

「開けて何かあっても知らないから」

「俺は生まれながら強運であると占われている人間だから心配いらないよ」

「あなたが自分で言うとなんだか無性に腹が立つわ」

そう言いつつ彩蓮はゆっくりと邪悪な物を封じる札を剝《は》がした。そして器の蓋《ふた》を静かに持ち上げる――。

「これは！」

彩蓮は瞠目《どうもく》した。

2

彩蓮は器の中を覗《のぞ》き込んだ。中にはうねる何かがあった。土だと分かったのはしばらくしてからのことで、その土が自分で自分をこねながら少しずつ大きくなっているのに気づくと大慌てで器に蓋をした。そしてしっかりと札で封印する。

「これが何か分かるか、彩蓮」

「これは息壌《そくじょう》よ」

「息壌？」

「ええ。わたしも見たことがないから確信はないけれど、たぶんそう」

「息壌とはなんだ？」

「息壌は天上の土。大昔、鯀《こん》という人が地上の混沌《こんとん》と河の氾濫《はんらん》から大地を守るために天界から盗んできたものなの」

「うむ」

公子は腕を組む。

「息壌は増殖する土で、どんどんと大きくなる。鯀が初め持ち込んだのは、ほんの一握りだったのに、今やこの世界の深層は息壌でできていると言っても過言ではないわ。

時月を経て、地中深くで長い眠りについたけれど、僅《わず》かに今も活発に動く息壌があるとは聞いたことがある。けれど、まさか自分の目で見るとは思っていなかった」

「土と息壌はどう違う？」

「見た目は同じだけど、息壌は生きているの。目覚めさせるのには巫覡《ふげき》の力が必要よ。息壌はそこかしこに存在しているはずだけど、少なくとも景国では巫覡の求めに応じて動いてくれるほど浅い眠りのものは存在しない」

「では危険なものではないのだな」

「これっぽっちならしっかり封印しておけば、きっと大丈夫」

彩蓮は騎遼を見た。彼は黙ったままだった。

「何よ、何か言いなさいよ」

騎遼は彼女の真剣な眼差《まなざ》しにも答えなかった。

「まさか、あなた――」

彩蓮は未来の王の襟を摑《つか》んで揺さぶった。

「まだあるんじゃないでしょうね」

「それが、あるんだ」

聞き役に徹していた皇甫珪が怯《おび》えを顔に表して、両手を胸の前で合わせる。

「公子、どれくらいあるのですか」

「たくさんではない」

「だからどれくらいよ！」

「ざっと荷車三台分ほどかな？」

「かな？　って何をのんびりしているのよ。その報告を聞いたのはいつの話？　息壌は瞬く間に増殖するのよ！」

「十日ほど前だ」

「じゃあ、今は荷車何台分もになっているわ」

「増えると何が悪い？」

「何って、山や土地が嵩上《かさあ》げするだけじゃないわ。木々や建物、動物だって飲み込んでしまうし、河だって海だって陸にしてしまうのよ！　量が増えれば、封印するのも大変になる。どこで見つけたの？」

騎遼は押し黙った。

「何よ、お願いだから何か言って」

「言っただろう。これを見つけたのは『漁師』だと。我が国に海はない。河に決まっている」

「なんてこと！　よりによって河に息壌が……」

彩蓮は頭を抱えたが、公子騎遼はいたって落ち着いたままだ。しかし、まだ何か隠している様子であることに気づいた彼女は一度、嘆息をしてから顔を上げた。

「教えて。正確にはどこでその土を見つけたの？」

「河の対岸だ」

「だから、どこの対岸よ?!」

「我が国で河といえば、明河《めいが》しかない。その対岸といえば、淑国《しゅくこく》しかないだろう。ちょっと頭を使えば分かることではないか」

「つまりあなたは隣国の領土が広がってこちらに近づいて来ているっていうことをそんなまどろっこしくも悠長に言っているのね?!」

「まあ、そういうことだ。淑国とはすでに十年間領土争いをしている。もし陸続きになれば大変なことになるだろう。我が軍は胡人との戦から戻ったばかりで疲れ果てている」

「それだけではないわ。河がせき止められたら、大規模な水害が起こるのは目に見えている」

「どうしてこんなものが現れたのだ」

「息壌は天上のものよ。悪いものではない。悪いのは使う人間で、その人の悪意によって息壌は恐ろしいものへと変化する。本質は蟲《むし》と同じ。本来なら静かに眠っているはずの息壌が活発に動き出したのなら人為的なものを疑っていいと思うわ」

「犯人は淑国だろう」

彩蓮は怪しむ視線を公子に向ける。この人の言うことを真に受けると痛い目にあう。それは前回のことで明白である。自分の目で見て調べなければならない。しかし公子は続ける。

「淑国は治水事業が盛んだ。明河以外にも大河があり、その支流が流れ、早くから明河の水を上流で支流に引き込むことに成功している。我らは、息壌に明河をせき止められては被害が出るだろうが、向こうは都が標高の高いところにあることもあり、こちらほどではないだろう。いや、逆に流れが変われば、治水工事の手間が省けるかもしれない」

彩蓮は黙った。

そして頭を回転させる。

公子騎遼が言うとおり、怪しいのは淑国ではある。景国に目覚めている息壌はないのだから。

「こんなこと祖父に内緒にしておけないわ。一刻も早く知らせなきゃ。わたし一人では手に余る案件よ」

「それは分かっているが、そうはできない」

「なぜ？」

「王命だからだ。王は民が慌てることを恐れている。民がこのことを知れば混乱が起こり、治安の悪化、物価の高騰、民の亡命が考えられる。そうなれば国中が大騒ぎだ。もし太祝に相談すれば大規模な祭祀《さいし》が行われ、皆が何事かと考え、息壌のことが知られてしまう。そうだろう？」

「手遅れになるまえに大規模な祭祀を行うのが正しい判断だと思う。息壌が呪術《じゅじゅつ》で操られているのなら、まずそれを鎮めるのが肝心じゃない」

確信を持って彩蓮はそう忠告したが、騎遼は首を振る。いろいろ騎遼は理由を並べるが、本当のところは王が貞家を必要としながら、同時に持て余しているのを彩蓮は知っていた。貞家は二つの王朝に仕えた強力な力を持つ家である。ここでいう力とは呪術だけではなく、政治的な力も意味する。貞家はいわばこの国の信仰のすべてを握っているから、王といえども疎《おろそ》かにできない相手で、息壌のことが知られれば王の立場が難しくなる。それを避けたいのである。

「いくら隠したって、祖父や父が息壌のことを知るのは時間の問題よ。だってあの人たちはこの国の最高の巫覡よ。未来を視ることが出来るの」

「それでもだ。それでももうしばらくは隠しておかなければならない」

「なぜ？」

「もうすぐ立太子の儀式がある。それまでは少なくとも隠しておいて欲しい」

「ふん。やっぱり自分の利益のためじゃない」

彩蓮は鼻を鳴らした。

「俺には政敵が多いんだ。兄弟、丞相、重臣、親族さえも俺の敵だ」

「どうしてそうなのか胸に手を当てて考えてみることね」

「すでに各所の検問は強化している。やってくれるな、彩蓮」

「選択肢はないんでしょう？　どうせ」

「ない。でも上手《うま》くその息壌なる土を捜し出してくれたら君を俺の正妃にしてやろう」

「……とりあえずつまらない冗談を言っていられる気分ではないわ。礼は金《きん》でいいわ。金で。それもたくさん」

「君のそういう俗物的なところがとても可愛いな」

「美的感覚を少し見直した方がいいわね」

彩蓮は呆《あき》れ顔で答えると馬車を止めるように言った。

「どうやったら息壌を止めることができるかは分からないけど、息壌の性質は知っているわ。息壌は離れていると一つにまとまろうとするものなの。だから移動するのよ。淑国が我が国に向かって動いているというのなら、この国にも大量の息壌が隠されていることになる。それを捜して封印すれば、なんとかなるかも」

「息壊とは巨大な鼻くそみたいなものですね」

ずっと黙っていた皇甫珪が身を乗り出した。

「たとえは好きじゃないけど、そういうものよ。ひとまとめに丸める。誰かが人為的にやっているのなら、この国に仲間がいるはずだわ」

「どうやって突き止める気だ？」

「これ」

騎遼の持ってきた息壊の入った器を見せた。

「これを使う。じゃあね。わたしと皇甫珪はもう行くわ」

彩蓮はぴょんと子供のように止まりかけていた馬車から飛び降りた。

「おい、彩蓮！」

捜索に加わるつもりだったのだろうが、騎遼などと一緒にいたくない。彩蓮は皇甫珪のみを伴って繁華な都の雑踏の中に紛れ込んだ。

3

彩蓮は道で小枝を拾ってくると、その先に糸を垂らして細かい網を付けた。そして親指の爪ほどの息壊を封印された器から移して入れる。皇甫珪が息壊に素手で触る彩蓮を案じるように言った。

「あの、触って大丈夫ですか」

「大丈夫よ。もともとはただの土だもの」

皇甫珪は、へっぴり腰のまま小枝を受け取る。大男の武者顔のくせに情けないが、それも仕方ない。網の中で息壌はぐにゅぐにゅと気持ちの悪い音を立てて動いているし、それが方向を示すように右へ右へと糸を動かす。

「こっちね」

彩蓮と皇甫珪は歩き出した。生きた土は先を急ぐように方向を示し、彼女たちはそれについて行けばいい。いたって簡単で合理的な息壌捜索の道具である。皇甫珪が心配げに言った。

「鼻くそは本当に他にもあるのでしょうか。このまま明河まで連れて行かれるのではないでしょうか」

確かにその可能性はある。方角は明河の方ではある。しかし、都は広い。時に右に時に左に、またある時は、息壌はまったく反応せずにぐるぐると都中を回る。歩き始めたのはまだ朝であったのに、昼になっても目指す場所は分からず、日が陰り始めるころには、くたくたになっただけでなんの成果もなかった。ただ腹がきゅうきゅうみすぼらしく鳴るばかりだった。

「彩蓮さま、少し喉《のど》を潤しましょう」

「あなたは、お酒が飲みたいだけでしょ」

彩蓮は文句を言いながらも自分も腹が空《す》いているので、大人しく皇甫珪に従うことにした。息壌をしまうと、さきほどから何度も同じ道を歩いて、すっかり詳しくなってしまった裏通りを行く。たしかそこには一軒の料理屋があったはずである。今日は馬を買うつもりでいたから懐も温かい。高級なものを食べて少し元気を出すのも悪くない。

「ほらほら、あそこです！」

皇甫珪が明るい声を出した。指差した先には、赤ちょうちんがいくつもぶら下がっている二階建ての店がある。なかなか立派な店構えで、賑《にぎ》わいが店の外にまで聞こえてきそうだ。

彩蓮はあたりの屋敷を見回した。明河の河沿いで官吏たちの別宅が立ち並ぶこの地域は、どの家も塀が高く中の様子は外から一切窺《うかが》えない。息壌を隠すにはもってこいの場所であるはずで、彩蓮は腹の虫が鳴きつつも気になってならなかったが、皇甫珪が急《せ》かすので小走りになる。

「しばし鼻くそのことは忘れて腹ごしらえをしましょう」

「そうね」

彩蓮も急ぐ気持ちを静めて腹を満たすことにした。しかし、そこに――。

「お願いです！　お願いです！」

「あっちに行け！　商売の邪魔だ！」

店の前では何事か騒ぎが起こっていた。どうやら十二、三歳の少年が店の主人やその客に金を恵んでくれと騒いでいるらしい。少年は袖《そで》に取り付いて店の主人と思《おぼ》しき男に懇願しているが、気の毒にも相手にはされていない様子である。

「お願いです、医者に見せなければ妹は死んでしまいます！」

「知ったことか。こっちもぎりぎりでやっているんだ。自分のことは自分で始末しろ」

主人は少年を振りほどいて店の中に入っていった。泥濘《ぬかるみ》に転んだ少年は絶望を顔に浮かべた。彩蓮はそれを見ると腹が空いているのにもかかわらず横暴な店に入る気がすっかり失《う》せてしまった。あんな男の作った料理を食べる気にはとてもなれない。

「行きましょう」

「このまま帰るのですか」

踵《きびす》を返した彩蓮。それを止めたのはむろん仁義に厚い皇甫珪だった。

「だって、あんなの見てあの店で食べたいと思う？」

「違います。少年の妹のことです」

「どういうこと？」

「あなたは巫医《ふい》ではありませんか。診てあげてはどうですか」

「わたしが？　巫医の勉強はしているけど、卵だわ」

医者は薬で病を治すが、巫医は巫術《ふじゅつ》と薬で病魔を祓《はら》う。彩蓮はまだ勉強を始めたばかりで、薬に関しては得意の努力と暗記力でなんとかなっているが、残念ながら巫術が一人前とはいえなかった。一人で患者を診たことは、一度もない。

「それでもいいから診てあげてください。金がないようなのでそれで十分でしょう」

「まぁ……そうね」

まだ巫医としては自信のない彩蓮は曖昧《あいまい》に頷《うなず》いたが、皇甫珪はぱっと顔を明るくしてとぼとぼと帰ろうとする少年を追いかけた。

「おい、待て、少年。医者はいないが巫医さまならいる」

「でも今、家《うち》には金がなくて……」

「かまわん。かまわん。腹が空いている。代わりに何か食べさせてくれ」

「本当ですか?!　ご馳走《ちそう》はできませんが、ささやかながら食事はお出しできます。こちらに来てください！」

礼儀正しい丸顔の少年は、小真《しょうしん》と名乗った。背は彩蓮と同じぐらいで、ひょろりとした体つきだが、金を無心しなければならないほど貧しそうには見えない。聞けば、父親は近くの官吏の別荘の管理人をしており、三日前に本宅の方に呼び出されて戻って来ず、呼びに行った母親もそれきり帰って来ない。それで妹の急病にお金の用意ができないのだと言う。

「本宅に知らせをやればいいじゃない」

「本宅には行きましたが、ここにいないと言われたのです」

「それは困ったわね」

二人は小真の案内で裏門を潜った。屋敷はかなり大きなものだった。蔵が三つに馬小屋もある。母屋に離れが二つ。ただの官吏の屋敷にしては、少し豪奢《ごうしゃ》すぎはしないか。

「小真！　どこに行っていたの？　小春《しょうしゅん》が苦しんでいるわ」

一緒に働いているらしい少女が彼を待ち構えていて、走り寄ると小銭を一杯その手のひらに乗せた。

「ごめん、小真。わたし、これだけしか工面できなくて」

数えるまでもなく医者を呼ぶには少なすぎる金額であるが、彼女の精一杯の気持ちなのが分かる。小真はしばしそれを見つめると、そっと押し返した。

「巫医さまをお連れしたんだ。お金はいらないって言ってくれているから、その代わりに食事を振る舞う約束をしたんだ。園花《えんか》、悪いんだけど、支度をしてくれないか」

「え？　巫医さま？」

少女はまず彩蓮を見た。そして皇甫珪を見た。どちらも巫医には見えないらしい。医者と巫医といえば老人であるから、彩蓮は若すぎるし、皇甫珪はどこから見ても武人にしか見えない。

「わたしが巫医よ。まだ卵だけど。わたしの手に余るようなら誰かを紹介するわ」

「そうでしたか。どうぞ中にお入りください」

小真が彩蓮たちを部屋に案内する。屋敷の北側で日当たりは悪いとはいえ、綺麗《きれい》に片付いており、小真の両親がしっかりした人であるのがうかがえる。

「これが妹の小春です」

少女は十歳ぐらいだろうか。

肩まで髪があり、兄とよく似た丸顔で太めの眉《まゆ》が可愛い子である。しかしその顔は蒼白《そうはく》で、彩蓮は少女の腹を見て目を瞠《みは》った。少女の腹は樽《たる》のように膨れ上がり、今にもはちきれそうである。彩蓮がその腹にそっと触れると小真が言った。

「巫医さま。既に何人かの医者には見せたんです。でも誰も病気を言い当てることができないのに高額の金を要求するので、どうしたらいいのか分からなかったのです」

「これはよくないものを食べたのだわ」

蟲《むし》かと思った。

しかし、蠱ならすでに腹を食いちぎって外に出てきている。

「この子はいつからこうなの？」

「三日前です」

「三日前……」

「何か変わったことはなかった？」

「特に何も。三日前に父さんが出かけるときはなんともなかったんです。その夜から熱を出して食べ物を受け付けなくなったのです」

彩蓮は邪気のありそうなものが室内にないか見渡した。大抵こういうものは祟《たた》られて起こる。十歳の娘が死にそうになるまで恨まれることはそうそうなかろうが、偶然家族が持ち込んだ呪われた物が幼い者に取り憑《つ》こうとすることはままある。しかし、部屋には正月に配られる魔除《まよ》けの札が貼られているし、明河の龍神《りゅうじん》を祀《まつ》る祭壇も棚の上にある。祟りとは考えにくい。

「動いている」

耳を腹の上に乗せればはっきりと聞こえた。むろん赤子がいるわけではない。どこかで聞いたことがあるような音がする。彩蓮は瞬《まばた》きして一生懸命に思い出そうとした時、袖の中の息壌がカチカチと中で鳴り、はっと顔を上げた。

「皇甫珪！」

「一体どうしたのです」

皇甫珪が彩蓮の様子が尋常でないのに気づいて囁《ささや》いた。

「息壌よ。息壌がこの子のお腹の中にいるの……」

「それは……」

「早く出さないと、どんどん増殖するわ」

「出すといっても、でもどうやって？」

「まだ触った感じだと胃にいるわ。出すのなら口から吐かせるしかない。けど、やっぱりお祖父《じい》さまを呼んでいい？　わたし自信がない」

「彩蓮さま、息壌のことを外に漏らせば、あなたの命も危ういはずです。妻になどと言っていますが、公子騎遼は目的のためなら平気な顔で人間を殺せる人なのです。自信がなくてもやるしかありません」

「そんな……」

「取り敢《あ》えずできることはやってみましょう」

4

「まずは護符を書くわ」

彩蓮は、小真に木のたらいと墨と硯《すずり》を持ってくるよう指示した。護符を書く黄色い絹がないので仕方なく自分の下着の白絹を細長く切り、その横で髭面《ひげづら》の大男、皇甫珪が墨を摩《す》る。

「巫医さま。いったい何が妹に起こっているのですか」

小真が不安げに尋ねた。

「この子は何か土みたいなものを食べなかった？」

「土みたいなものですか……」

少年が考え込んだ。

「黒くて小さなものよ」

「土ではないのですが――」

小真は戸惑いながら、妹が薬丸を飲んだことを告げた。

「本邸の家宰《かさい》さまが高価な薬丸で滋養にいいからって父さんにくれたんです。でも父さんは病弱な妹にやりたくてその場で飲んだふりをして家に持ち帰ったんです」

「それをこの子が飲んだのね」

「はい」

「そして父親はいなくなった――」

彩蓮は皇甫珪と顔を見合わすと、筆を取った。さらさらと慣れた手つきで札を書く。

そして米で作った糊《のり》で膨らんだ腹に直接それを貼った。まずは息壊の動きを弱めなければならない。

「この子は口に入れると良くない物を飲んだの。それは、最初は小さな薬丸だったかもしれない。けれど、どんどん大きくなるの。でも心配いらないわ。まだ三日しか経っていないし、胃に居座っているからきっと大丈夫」

「巫医さま。良くないものは、もしかしてわざと薬と偽って与えられたのですか。本当の目的は父さんだった、そうですか」

「そうかもしれない。でもどうしてそう思うの？」

「なんとなくです。父さんと母さんを呼びに本宅に行ったときも家宰さまは二人を心配してくれて、一緒に捜すと約束してくれました。でも行方不明であることを役所に届けると言うと騒ぎ立てるなと釘《くぎ》をさしたんです」

「それは怪しいわね」

「小春がこんなことになって両親を捜すこともできなくなりましたが、今思えばあれは、おかしな様子でした」

彩蓮は開け放たれた窓の外を見た。夕日が沈んだばかりで、うっすらと空に昼の名残が赤く広がっている。ここから明河まではそれほど遠くない。どこかに大量の息壊が隠されているはずだ。しかし早く捜し出したい気持ちを抑えて、今は目の前の哀れな少女をなんとかしなければならない。

「待っていて、すぐに取り出してあげるからね」

彩蓮は小春をうつ伏せにした。

木杓子《じゃくし》を手に取って、小真に渡すとそれを妹の舌の上に乗せるように言う。皇甫珪には顎《あご》を押さえるように命じ、彩蓮は公子騎遼から預かった息壊の入った玉《ぎょく》の器を袖《そで》から取り出すと、彼女の口の前に置く。息壊は一つに集まろうとする性質があるので、それを利用しておびき出すのである。彩蓮は、呪《じゅ》を唱えて、できるだけ患者に負担をかけないようにする。原始的だが、荒療治はこの際仕方がない。

「さあ、いくわよ、いい？」

少女は健気《けなげ》に頷《うなず》いた。生きたいとその目は言い、彼女なら生きられると彩蓮は思った。生きるとはそういうことなのである。生きたいと強く願うことが、瞳《ひとみ》にその炎を煌《きら》めかす。

「せいの！」

三人はいっせいに各々の役割に向かった。

彩蓮は人差し指と中指を立てて天地を崇《あが》める呪を唱えながら、天に愚かな人の行いを詫《わ》び、地に大地を騒がしていることを詫びる。それでも息壊の力は強く、なかなか鎮まらない。いつの間にか汗を額から垂らし、指が震えるほど体全体で気を消費していたが、それでも諦《あきら》めなかったのは、小さな子どもが懸命に腹の中の息壌を吐き出そうと頑張っているからだった。

「もう少しだ、頑張れ！」

皇甫珪も懸命に励まし、少女の背中をさすってやる。

すると、器の中に入っている息壌がカタカタと激しく暴れ始めた。彩蓮は天に祈った。どうかこの子の命を助けてくださいと。同時に小春が激しくのたうち、小さな体は波打つように寝台の上でうねる。それを皇甫珪が必死に押さえて、体の中の物を吐き出させようと顎をとる。

「本当に出てくるんですか⁈」

「出てくるわ！」

少年の問いにそう答えた彩蓮だったが、なんの確証もなかった。古い書物にも新しい書物にも息壌のことは数行しか書かれていない。ましてや体の中に入った息壌をどうやって取り出すかなどはどこにも記されてはいないのだ。

「頑張って！　小春！」

その時だ。ひどい嘔吐《おうと》の音とともに、胃液にまみれた黒い塊がぽとんとたらいの中に落ちたかと思うと、ぐにょぐにょと動きはじめて彩蓮が持っていた玉の器にすっぽりと覆いかぶさった。

「出たわ……」

「出た……」

はぁっと長い息を三人は同時に吐いた。すぐに彩蓮は呪を唱えて息壌の勢いを封じると、護符を左手に持ち、右手に母屋から持ってこさせた青銅の蓋《ふた》の付いた器を持って、息壌をその中に放り込んだ。そして護符を蓋にいくつも貼る。

「ふぅぅ。やっと終わった」

彩蓮は袖で額の汗を拭《ぬぐ》った。

「彩蓮さま、やりましたね」

「ええ……」

皇甫珪が明るく言い、彩蓮は患者を見た。弱々しくこちらを見上げてはいるが、しっかりと頷いて見せたから、もう安心だろう。彩蓮は比較的手に入りやすい滋養の薬剤の名前を書いた絹を小真に手渡す。これならなんとか親が戻る前に用意して飲ませてやれるだろう。

「皇甫珪」

大男が彩蓮の意を汲《く》んで頷く。

「これで薬を買うといい」

皇甫珪が金を小真に渡そうとすると、少年はそこまでしてもらっては、と頑《かたく》なに断った。幼いながら矜持《きょうじ》のある少年に感心した彩蓮は、無理強いはせずに、ならば貸すだけだから、用意ができたら返すように言い、それならと小真も頷いて厚意を受け取った。律儀な子なのだと彩蓮は思う。

「父さんと母さんが帰ったら必ず返します」

「ええ」

「巫医《ふい》さま、この御恩は生涯忘れません」

「そんなの大げさだわ。わたしは巫医としてすべきことをしただけよ」

彩蓮が微笑んだ。そこに園花が食事の支度ができたと言って現れた。空腹は絶頂を過ぎていたとはいえ、いい匂いにつられて彩蓮の腹が鳴って皆が笑った。その音に力を使いすぎてぐったりしている彩蓮自身も励まされ、席に着く。

「さあ、巫医さま、どうぞお食べください」

「ええ。いただくわ」

肉はない。

それでも河で取れた魚と野菜が豊富な炒《いた》め物や、包子《パオズ》もある。作りたての汁物は湯気が上がり、白米ととても合いそうである。そして父親が飲むのか、酒も皇甫珪に振る舞われ、髭面男も満面の笑みでおかずをつつく。彩蓮も遠慮なく大盛りをよそって頬張った。

「あとはご両親の行方ね」

「はい」

「他に心当たりのある場所はないの？」

「行きそうな場所はすべて行ってみたんですが……」

小真の顔が暗くなった。

彩蓮は慌てて話題を変えた。

「ああ、そうだ。ここは官吏の屋敷だと言ったわね。どんな人？」

「名前は、燕志《えんし》さま。難しいことは僕には分かりませんが、橋とかを作る部署にお勤めだと聞いています」

「ふうーん」

「淑国の人で、苦労して仕官したそうです。本人はここに来たことがないので僕は面識がありませんけど、背の小さい方だと聞いています」

「え？　淑の人？　淑人なの?!」

「あ、はい」

皇甫珪がそれを聞くと箸《はし》を持ったまま飯粒を飛ばしながら言った。

「黒い土を見なかったか?!　このあたりにあるはずなのだ！　運び込まれたのは三日ほど前のことだと思う」

「黒い土、ですか……」

少年は首を傾げたが、園花が給仕をしながら答えた。

「小真、あれのことじゃない？　ほら三日前に荷物が届いたじゃない」

「あれ？　ああ、あれのことか」

あれとは四角く梱包《こんぽう》された荷だという。本宅から送られてきて、小真の父親が受け取って蔵に入れた。その後、中からも戸が開けられないように護符が蔵の戸に貼られ封印された。鍵《かぎ》は父親が持ち、二つはないらしい。

「とにかく蔵に案内して」

「でも、荷は主家のものですから――」

「そんなことを言っていていいの？　父親と母親は行方不明で、妹は死にかけたのよ。しかも怪しげな薬を飲ましたのは、ここの家宰じゃない」

「それはそうですが……」

「わたしをその蔵に連れて行って。お願い。とても大切なことなの」

彩蓮は有無を言わさずに立ち上がった。

小真は年の割に生真面目で融通が利かない性格のようだった。

5

河から吹く風が彩蓮の柔らかな髪を揺らす中、三人は屋敷の裏手に回ったが、始終、小真は後で父親に叱られはしまいかとビクビクしていた。とはいえ恩のある彩蓮に嫌と言えるはずはない。少年は押し切られる形で案内した。

「ここです」

蔵は真新しかった。まるで息壊を入れるために建てられたかのように——。

「これかぁ」

皇甫珪が錠前を見て頭を掻《か》く。とても壊れそうにないし忍び込める余地はなさそうで、まわりこんでも窓さえなかった。彩蓮は札の貼られた戸に手のひらをそっと重ねてみた。どくんどくんという鼓動が手のひらに伝わってくる。ここに息壊があるのは間違いないだろう。しかし、札を剝《は》がせばきっと貼った巫覡《ふげき》に知られることになる。中を確認する術《すべ》を彩蓮は知らない。

「仕方ないわ。公子騎遼に連絡を取りましょう」

依頼されたのは、息壊がどこにあるか捜すことである。そのあとは抜け目がない公子が対処するはずである。彩蓮は絹片を持ってこさせると、さらさらと文字を書き、右中指と人差し指を空に向けて立てながら呪を唱えた。すると近くにいたコウモリが指に止まる。使役させるのである。厳重に呪の込められた蔵の札を外すほどの能力を彼女は持ち合わせていないが、これくらいなら朝飯前である。

「これを公子騎遼にとどけてちょうだい。気をつけて。他の人には見つからないようにね」

彩蓮はよくよくコウモリに言い聞かせると、夜の空に放った。

「これからどうするのですか」

皇甫珪が尋ねる。

「待つわ」

「待つ、ですか……」

「待つしかないでしょ」

彩蓮と皇甫珪の二人は蔵の前に座り込んだ。そして暗くなった群青の空を見上げた。

公子騎遼は冗談で正妃になれなどと言ったけれど、彩蓮はまだ自分の将来を決めていなかった。自分が一族を巫女《みこ》として率いていくか、それとも有能な婿を取って支えていくか。どちらにしろ、貞一族の中枢として生きていく。しかし、好きな人ができたら？　断じて公子騎遼ではないけれど、なぜかあの銀髪の美麗な顔が頭に浮かぶ。

扇を持つ長い指や、太い首筋も——。

「彩蓮さま？」

「…………」

「彩蓮さま？」

皇甫珪の無駄に大きい顔が彩蓮を覗《のぞ》き込んだ。

「わっ！　驚かさないでよ」

「どうせあの色男のことを考えていたんでしょう」

「考えてなんかないわよ、公子のことなんか」

「俺はべつに公子騎遼とは言っていませんよ、色男と言っただけです」

「あなたの考えていることなんかお見通しよ」

「さようで」

くくくっと馬鹿にしたような忍び笑いが皇甫珪から漏れる。むっとしたが、何か必死に言い返せば公子のことを考えていたことを肯定するようで癪《しゃく》だから黙っている。

代わりに三十路《みそじ》の男をからかってやろうと思った。

「あなたこそ結婚しないの？　もういい年じゃない」

「結婚したい相手は決まっているのですがね……」

「なんだ、いるの?!」

「でもまだ向こうは知らないのです」

彩蓮は意外な言葉に顔を上げた。

「へぇ、知ったら嫌って言うわよね。妓楼《ぎろう》で遊んでばかりの男とじゃ」

「俺は飲みに行きますがね、遊んではいませんよ」

「どう違うのよ」

「それは置いておいて、とにかく俺は男の中では真面目な部類です。結婚の話が出てからもう二年も遊んでいないのですから」

「真面目で馬鹿なのは知っているわ。で？　その人はどんな人なの？　同い年くらい？」

「いやいやいや、初婚の十代です」

「初婚の十代と結婚しようとしているの？　あなたちょっと図々《ずうずう》しいんじゃない？」

「俺もそう思いますが、周りに乗せられて……」

皇甫珪は首の後ろを掻く。彩蓮は身を乗り出した。

「で？　性格は？」

「性格は、優しいですね。困っている人がいると助けてしまうような人です」

「そういうの好きよ。仲良くできそう」

「ただ身分がちょっと違うのです。格式の高い家の娘で、それで揉《も》めているのです。

特に父親があまりよく思っていない様子なのです」

「ほら、禁軍に戻るのをやめたりするからよ。戻っていたらきっと将来有望だと思われたのに。なんとかお父さまに頼んで養子にしてもらえば？」

「そうなんですがね、相手の家はいろいろうるさいもので」

「分かるわ。うちだってそうだもの」

皇甫珪の目が彩蓮を射貫《いぬ》く。

「それで俺が言いたいのは、彩蓮さまは公子騎遼に誘惑されてはならぬということです」

「話のつながりが分からないわ」

「魅力的な人ですが、公子は婚礼相手には向かないのです。貞家が長く続いているのは、王家に対して中立であるからです。それが卜占《ぼくせん》というもので、貞家の姿なのですよ。それなのに婚礼して姻戚《いんせき》関係になれば正しい卜兆《ぼくちょう》を口にすることができなくなります。もし公子が婚礼を申し込めば、きっと揉めることになるでしょう」

「だから公子とはなんでもないわ。あの人だってただ冗談を言っているだけよ」

「今はそうかもしれません。しかしながら、抜け目のない人ですから。貞家の力を知っているのです」

「だから――」

「だから誘惑されてはならぬのです」

いつものニヤニヤしたふざけた顔ではなく、皇甫珪はとても真面目な顔で言った。

その言葉をどれだけ彼が言おうか言うまいか悩んだ末に忠告したか、なんとなく分かった彩蓮はすぐに視線を逸《そ》らしてうつむいた。

「――べつに好きとか嫌いとかではないわ。ただあの人の運命の陰陽が激しくて凡人が持つようなものではないからとても気になるの……」

「そうですか……」

「ええ……ただそれだけよ」

何を言い訳がましく皇甫珪に言っているのかと思ったが、彼がぎこちなく彩蓮の頭を撫《な》でたからそれ以上は言わなかった。

「すみません」

「何が？　別に謝るようなことではないわ」

「いえ――なんというか、俺があなたの夢を壊してしまうのではないかと気にかかるのです」

「夢？」

「若い娘はいろいろと考えるものですから……結婚や理想の相手などを」

「よく分からないわ、皇甫珪」

「はい」

「あなたが真面目な顔をすると天気が崩れる。やめてちょうだい」

「はい」

「さあ、この話はやめ。今は息壌に集中しなくちゃ」

「そうですね」

皇甫珪は困ったように苦笑したが、彩蓮は気づかないふりをした。結婚とか公子とかそういう話はしたくない。親とも婚礼の話になると話題をそらすのに、皇甫珪となど楽しくおしゃべりする気分ではない。こういう話は同じ年頃の娘たちときゃっきゃ騒ぎながらこっそりとするものである。

「ここで座っていてもすぐには公子も来られないでしょう。甘いものでも食べに行きますか」

自分は食べないくせに機嫌を取るように言う皇甫珪に少し彩蓮はいらっとした。そうやっていつも甘やかすし、気を利かせる彼の全てに腹が立ってきたのである。

「いい。ここにいる。息壌が心配だから」

「はい」

それから二人の間に会話はなかった。

そして、彩蓮は今頃一族の娘たちは宮殿で「歩《ほ》」の儀式をしていることだろうと考えるとやはり衣などより、巫女として期待されたいと思うのだった。祖父や父が彩蓮に巫女として一人前に儀式に関わらせないのは、婚姻させてその夫に一族を任せたいと思っているためではなかろうか。常々、「お前の幸せを祈っているのだ」と言ってくれているけれど、それはいつだって彩蓮の願う形ではない――。

「やはり何か甘いものを買ってきましょう。ここにいてください」

沈黙に耐えかねたように皇甫珪が立ち上がって、彩蓮の返事を待たずに歩き出した。が、門の前で松明《たいまつ》を持った男たちと炎に照らされた美麗な男――もちろん公子騎遼――とばたりとぶつかって立ち止まった。普段の皇甫珪ならすぐに謝罪するのに、今日に限っては少し頭を下げただけだった。

「見つかったか」

「はい……」

公子は皇甫珪から彩蓮に瞳《ひとみ》を移した。

「苦労をかけたな、彩蓮」

「わたしの仕事はこれまでだわ。帰る」

機嫌の悪い彩蓮は立ち上がるとさっさとその横を通り過ぎようとした。しかし、公子がそんな彼女を逃すはずはない。通り過ぎざまに手首を取って止めた。

「どうした？　何かあったのか？」

「なんでもないわ。息壌はその蔵の中。取り出して、対岸の淑国に投げてやって」

「彩蓮？」

「放して」

強い語気で言っても公子は手を放さなかった。するとなんと皇甫珪が剣を抜いて公子の首元で止めるではないか。もちろん、公子の護衛が一斉に皇甫珪に剣を向ける。刃《やいば》が銀色に光った。

「彩蓮さまを放すのだ、今すぐに」

皇甫珪の声はとても落ち着いていた。ひやりと彩蓮の背中に冷たいものが走る。

「なかなか獰猛《どうもう》な犬を飼っているな、彩蓮」

そして公子も落ち着いていた。彩蓮に微笑み、そして彼女の番犬を挑発するかのように彼女の手の甲に接吻《せっぷん》する。皇甫珪の剣がぐっと近づいた。

「蔵ごと息壌を渡されてもこちらは困る。しっかり仕事は最後までやってもらいたい」

「蔵は封印されているし、錠は鍵《かぎ》がないと開けられないわ。それに政治的にどうこれを始末したいのかわたしには分からない。どうしろって言うのよ」

「荒れているな。どうしたのだ？　彩蓮？」

ぷいっと顔をそむけたので、公子は皇甫珪に問うような目を向けたが彼も黙ったままだった。

「分かった。後はこちらでなんとかしよう」

梃子《てこ》でも動かなそうな彩蓮に折れて、公子は彼女の手を放した。同時に皇甫珪の剣も下がったが、公子の護衛たちは次代の王に無礼を働いた皇甫珪を許そうとはしなかった。剣を首にぴたりと付け、ひざまずくように強要する。

「騎遼、皇甫珪のことはほうっておいて」

「仮にも公子たる俺に剣を向けたのだ。それ相応の処罰を受けるのは当然だろう？」

「あなたのそういうところが嫌いだわ」

「俺は、そうやって怒っている時の君が好きだよ」

「ふん」

彩蓮はさきほどまで皇甫珪に腹を立てていたことを忘れて言った。

「分かったわ。わたしは何をすればいいの？」

「君に頼みたいのは、誰が首謀者であるか突き止めることだ」

「決まっているじゃない。この屋敷の主《あるじ》の燕志という官吏だわ」

「それは使い走りだ。こんな大事を小役人が一人で出来ると思うか。黒幕は違う。この国のどこかに淑国に通じている人間がいるはずだ。それを突き止め、君には犯人を見つけ出して欲しい」

息壌は凄《すさ》まじい速さで増殖し続け、対岸に近づいており、間諜《かんちょう》の報告では淑軍は既に軍備を整え始めていると言う。ことは一刻を争う話なのだ。これを彩蓮が見逃していいものではない。皆の生活が掛かっているし、息壌が河を塞《せ》くことになれば大騒ぎになる。

「分かった。でも一つ気になることがあるの。それを調べたい」

「何が気になるんだ？」

「ここの家宰が使用人に息壌を飲ませようとしたの。そしてその人は行方知れずになっている。もし飲んでいたら今頃死にそうなはずよ。助けないといけないし、なぜそんなことをしたのかとても気になるのよ」

「……それは運びやすくするためではないか」

「運びやすく？」

「今都中の警備を強化している。あちこちに検問所を作って、着ているものまで脱がせ土のようなものを持っていないか調べさせているのだ。少量でも決してもらさないようにしているから、ある程度の量の息壌を持ち運ぶには腹に入れるしかない」

「……そんな、死んでしまうわ」

「人の生死などどうでもいい輩《やから》などいくらでもいるのだよ、彩蓮」

「そうね。そうだった。あなたもそうだった――」

「君は俺を誤解している」

「誤解などしてないわ。本当のことじゃない」

「ただ言っておきたいのは、生きるということはとても大変なことなんだ。ましてや敵が多いと生き残るだけで精一杯になる。俺はまだ生きたいだけなんだよ、彩蓮」

彩蓮はまた彼から発せられる激しい光を見た気がした。彼の生への執着が、その光の源なのかもしれないと思うと、彼女はそれ以上、公子を責める言葉を発することはできなかった。

「ではよろしく頼む」

「あなたもね。燕志を捕らえて鍵を奪うぐらいはできるでしょう？」

「むろんそれは俺の仕事だ。だが、なんとかこの蔵を開けることはできないか」

「祖父ならなんとかなるかも。わたしでは全く歯が立たない。さっき気を使っただけでもうふらふら」

「うむ」

「じゃね」

彩蓮は跪《ひざまず》かされている皇甫珪の手を取ると、剣を構える護衛たちを無視して歩き出した。門をくぐり、大通りをすぎ、そして初めて皇甫珪を振り返った。

「バカね、あんなことで剣を抜くなんて。結局手伝わされる羽目になったじゃないの」

「申し訳ありません。つい」

「ついじゃないわよ。ついじゃ。殺されても文句が言えないことをしたのよ。公子に剣を向けるなんて信じられない。馬鹿としか言いようがないわ」

怒られてしゅんとした大男の背中が情けなく丸まる。彩蓮は苦笑するとその背を叩《たた》いた。

「でも……けっこう嬉《うれ》しかったわ。だからってもうしないでよね。肝が潰《つぶ》れるってあいうことを言うのよ」

皇甫珪が驚いた顔で彩蓮を見て、そして言った。

「何度でもしますよ。それに公子もどういう意味か分かったはずです」

「どういうこと？」

「行きましょう。やることは山ほどあります」

男の歩幅が大きくなった。

6

暗闇の中、明かりもなく二人は歩いた。手燭《てしょく》の代わりに持つのは相変わらず息壌の入った玉の器である。

馬車での移動が当たり前の良家の娘は、酔っぱらいや身なりの汚い男たちが怖くなってそっと皇甫珪の袖《そで》を摑《つか》んだ。それに何も言わずに彼はただ前を見て歩く。その大きな背はとても頼もしく、彩蓮はほっとした。頼りがいのある男《ひと》とはこういう男を言うのだろう。

「ちょっとそこで小真の父親を見たか聞いていい？」

彩蓮は、袖を引いた。そろそろ聞き込みを開始しなければならない。

「誰にですか？」

きょろきょろとあたりを見回す皇甫珪。川岸に柳の木がゆらゆらと揺れている。人影は全くない。

「そこの地縛霊よ」

「じ、地縛霊……い、いるんですか？」

「ええ。地縛霊なんてどこにでもいるわよ」

当たり前に答えると、霊が視えない元武官は急に臆病風《おくびょうかぜ》を吹かせた。さっきまでの頼もしさはどこへやら、彩蓮は嫌がる大男の手首をつかむと霊のところに引っ張っていき、突っ立っている霊に話しかけた。

「ちょっと聞いてもいいかしら？　変な人間を見なかった？」

相手は中年の男の霊だ。物売りだったのか、死んでもなお何がそんなに大事なのか籠《かご》を背負っている。

「あの……お、お嬢さん、お、おれに話しかけているのですか」

「そうよ。人を捜しているんだけど——」

強気の彩蓮に霊の方が驚いた様子だった。霊が視える人間などそうそういるものではないから当然である。見えない霊に怯《おび》える皇甫珪と見えていることに驚いている霊。二人は同じように肩を震わせる。しかし、彩蓮はそれにお構いなしだ。

「わたし人を捜しているの」

「どんな人でしょうか」

「顔は知らない。でも腹に霊物《モノ》を入れているのよ」

「モノ？」

「モノって霊物《れいぶつ》のことよ。わたしが捜しているのは、土なんだけど生きているの」

霊のくせに地縛霊だからか、そういう知識に疎いようで、彩蓮は、霊物が幽霊を含めた人知を超えた存在であることを説明したが、物売りは「へぇ」と言いながら関わりたがらなそうな顔をした。死んでもまだ人間くさい。

「よく思い出して欲しいの。酷《ひど》く具合が悪そうで腹が異常に張っている人を見なかった？　教えてくれたら地縛から解放されて黄泉《よみ》の国に行けるように助けるわ」

ぼんやりとあそこにいるとその気持ち自体がだんだんと消えていく。わたしにしてあげられるのはそれを思い出させることぐらいだわ」

「そうなのですか。きっとあいつには何か心残りがあるのでしょうね」

「そうね」

彩蓮はそう言うと、小真の父親を思った。もし本当に息壌を飲まされているのなら、きっと小春のように苦しんでいる。そしてその苦しみの中で家族のことを思っているに違いない。見上げれば夜空に満天の星が瞬いていた。彩蓮は小さな吐息をついた。

「寒いのですか」

皇甫珪が上着を彩蓮の背にかける。大きくて彼女のふくらはぎまである上着だから温かい。

「でもこれを借りたら皇甫珪が寒くない？」

「俺はさっき酒をたらふく飲んだから温かいのです」

ずいぶん前の話なのに、そんなことを言う。彩蓮はそんな嘘をありがたく思って、兄とはそういうものなのだと思った。やさしくって守ってくれる。そして父が新たに妾《しょう》を入れたことに改めて感謝した。皇甫珪に礼を言おうとした彩蓮。しかしその時、彼は何かを指差した。

「彩蓮さま！」

見れば皇甫珪が手に持っていた息壌が激しく揺れているではないか！　彩蓮は動く方向へと急いだ。

7

「待って、そんなに早く走らないで……」

大股《おおまた》でどんどんと先に行ってしまう皇甫珪を追いかけるのを諦《あきら》めた彩蓮は、地べたに座り込んだ。すると先に行っていた元武官が戻って来て手を差し出した。

「だらしない。もっと日頃から体を動かさないからです。おんぶしましょうか」

「いい。あなたがもっとゆっくり行くだけでいいの」と彩蓮は言った。

それに息壌の動きが先ほどと変わっていた。前を指していたのが、今は右側だ。彩蓮は腰まで伸びる草むらの方を見やった。水が流れる音がする。小さな水路があるらしい。

「ちょっと見てきて」

「息壌がいたらどうするんですか」

「別に食べなきゃ問題ないわ。あと飲み込まれたりしても危険だから気をつけて」

「一緒に行きましょう」

「蛇がいるかもしれないからごめんなさい、一人で行って」

彩蓮は、息壌は怖くないが、蛇は怖い。皇甫珪は蛇など平気だが、息壌は怖い。でも結局損をするのは部下である髭面《ひげづら》大男である。しぶしぶ土手を下りて行って、突然立ち止まる。

「何やってんのよ。大丈夫？」

「何かがここにあるみたいで――」

そう言った声は聞こえたけれど、彼がのけぞってからの言葉は聞き取れなかった。

「は、は、はやくやくにんを！」

「え？」

「だから役人を！」

「役人？　なぜ？」

「死体です！　死体！」

土手を駆け上ってきた皇甫珪が青い顔をしているのは月光のせいばかりではなさそうだ。彩蓮も蛇などと言っていられなくなり、皇甫珪に手を取られるまま川へと下りた。

「人です」

手の中の器に入った息壌が、激しくカタカタと音を立てる。見れば男の死骸《しがい》が横たわっている。髪の結い方や衣からして庶民である。

「死体の腹がこじ開けられています」

「こじ開けられたんじゃない。息壌が大きくなりすぎて破裂したんだわ」

これが小真の父親なのは想像がつく。

「役人を呼ぶと秘密の使命が明らかになるし、先に体内に残った息壌を取り除きましょう」

「取り除くってどうやってですか」

「それは手を突っ込むのよ。あなたがね」

「突っ込むのですか……」

「早く人が来ないうちに」

「俺たちが殺したと思われないでしょうか」

「暗くて躓《つまず》いた拍子に手を突っ込んでしまったことにすればいいわ」

「少し無理があるような気がします」

「わたしは公子に連絡を入れるから、早くして」

彩蓮に命じられては皇甫珪はやるしかない。手を腹の中に入れるとその触感のせいだろうか、顔をひどく顰めて目をつぶりながら中を漁《あさ》る。

「あった？　ねえ、あった？」

「ちょっとお待ちください」

「う、うん」

見ていたくもなくて、彩蓮は空を飛ぶコウモリを呼び止めて公子への文を書く。絹の代わりに下着を破ろうとすると、さっきまで死体と格闘していた大男がむくりと立ち上がった。

「俺の上着を裂いてください」

「でも一張羅でしょ？」

「公子に下着の絹では無礼ではないですか」

先ほど刃物をその首に突きつけたのは誰だったか、もう忘れたように彼は言うと再び座り込んで腹の中を探る。彩蓮は言われた通り皇甫珪の衣を裂いてそれに文を書きコウモリに託した。

「ちゃんと渡してね」

彩蓮がそうコウモリに言った時、再び皇甫珪が頭を上げた。

「ありました」

「よくやったわ」

皇甫珪は息壌が逃げないように、そして血が彩蓮につかないように手巾《しゅきん》に包んでから渡した。彼女はそれを受け取り、そっと広げてみた。確かにそれは息壌である。彼女の気に元気を回復したのかごにゅごにゅと蠢《うごめ》き始めたので、彩蓮はすぐに玉の器の中にしまった。

――でも、腹を破裂させるほどの量じゃない。きっと回収し忘れたのだわ。

「手を洗ってきます」

川で手を洗う皇甫珪を眺めながら、小真の父に生きた土を飲ませた男たちが、なぜ全ての息壌を持っていかなかったのか考えた。

「よほど慌てていたのでしょう」

疑問に答えたのは皇甫珪で、彩蓮は自分の手巾を彼に渡した。

「どうしてかしら」

「女もいたのでしょう？」

「ええ」

「それは小真の母親ではないでしょうか」

「そうだとわたしも思う」

「母親もこの土を食べさせられていたとしたら？」

「あ！」

「母親も腹が破裂する。そうなってしまえば使い道がなくなる。だから焦っていたのではないでしょうか」

彩蓮ははっと顔を上げ、髭面三十路《みそじ》の男を見る。

「急がないと！」

「そうです。母親も死ぬ可能性がある」

彩蓮は世の中が嫌になった。人間《じんかん》とはここまで腐ったものだったのか。最近、屋敷の中で静かに暮らしてきたときには知らなかったことばかりに気づいて、その度に吐きたいほど人を嫌悪する。それでもそれを消化しなければ生きていけない現実にも直面しているから尚《なお》さら複雑だった。

「行きましょう」

取り敢《あ》えず、ここにいて人に見られるのは良くない。

しかし歩き出して数歩もしないうちにつけられているのに気づいた。相手の殺気が背中に刺さったからである。

「誰かにつけられているわ」

「はい。このまままっすぐにお進みください」

しかし、残念なことに前にも怪しげな男たち四人が現れて挟まれた形となった。舌打ちした皇甫珪の背に彩蓮はぴたりとついた。

「何か用？」

彩蓮は男たちに尋ねた。

「あの死体に触れていたな。持っているものをよこせ」

「あなたたちが、あの人を殺したのね」

「だったらどうだというのだ。お前には関係あるまい。さっさと手の中のものを出せ」

男たちは剣を抜いた。むろん、皇甫珪も構え、彩蓮は右手の指を構えて呪《じゅ》を発する準備をする。男たちは慌てていてすべての息壊を回収せずに死体を捨てたことに気づき、この現場に戻ってきたに違いなかった。

「皇甫珪、前の四人はあなたがなんとかしなさい」

「はい」

「後ろの二人はわたしがなんとかするわ」

なんとかできるかという問題はさておき、なんとかしなければならなかった。彼女は月の光の力を借りてあたりに点在している妖気《ようき》を集めると、短刀を投げるかのように気を放つ。見えない武器を避《よ》けることができない男たちはつぎつぎに頰を切った。が、それでは致命傷を与えることはできない。彩蓮はスネを狙い、立っていられなくすると、次の攻撃に新たな呪を唱える。

片や、皇甫珪は四人の男相手に善戦していた。一瞬の隙も作らずに、一人の腹を蹴《け》ると、もう一人の腕を斬り、三人目の剣を受け止めたかと思うと、四人目を斬った。

彩蓮はこれなら勝てると自信が出てきた。あとは自分次第だ。さすがの皇甫珪も六人は相手にできない。

「天と地よ、我が声に応《こた》えよ！」

彩蓮は指で空《くう》を横に切った。すると突風が吹き、二人の男は吹き飛ばされた。彩蓮は間髪をいれずに、紐《ひも》状にした気を投げ、男たちの首に巻きつける。

「言いなさい！　だれが首謀者なの⁈」

男たちは口をつぐんで答えない。

「言わないならこれを食べるといいわ」

彩蓮は団子にした息壌を男の口元に持っていった。決して口を開くまいとする男。しかし、そこに四人を倒した皇甫珪が来ると、問答無用に顎《あご》を持って力ずくで口を開けさせた。うがうがともがいて抵抗していた男だけれど、気色悪く土がうねり始めると、「待ってくれ、待ってくれ」と曇った声で助けを求める。

「誰が首謀者なの？」

「頼む。やめてくれ」

「誰が首謀者かと聞いているの！」

「ど、どうかお助けを」

「助けてあげるから誰なのか言いなさい」

「丞相さまだ……」

丞相といえば、公子騎遼の兄の舅《しゅうと》、いや、それは違う。たしかその人は第二公子の蠱毒《こどく》事件に連座したから、新しい人がなったはずである。

「丞相の名は？」

「李永《りえい》さまだ」

彩蓮は公子の政敵に丞相がいると彼から聞いたのを思い出して内心、唸《うな》る。丞相とは国の宰相。そんな人が自国の滅亡を願うようなことをするだろうかと。しかし、その疑問はすぐに皇甫珪によって解かれる。

「李丞相は淑国人です」

「淑国人がなぜ我が国の最高位についているのよ」

「大変有能な人ですが、淑王の怒りを買って我が国に亡命していたのです。それを我が王が重用して丞相の位までさずけたのです」

「それがどうして？」

「年を取り、国に帰りたいと思うようになったのではありませんか」

「なるほどね……」

「どうします？　公子に連絡します？」

「あの人のことだわ。とっくに李丞相に目星をつけていたのよ。証拠がないっていうのが問題だったのだわ」

そこまで考えるともう一つの疑問が湧く。宰相は一体、何をしようとしているのか。河に広がる息壌にしろ、小真の母親の行方にしろ、疑問ばかりが残る。そして彩蓮は巨大な宮廷の門をここから見上げることができることに気がついた。

「何かがあの中で起こるんだわ……」

彩蓮は強い予感に胸を鷲掴《わしづか》みにされた。

8

翌朝。まだ朝霧が立ち込める中、彩蓮は河の土手で公子騎遼と合流した。

「眠そうだね」

「寝る時間もなかったわ。帰りが遅くなってお説教されて大変だった」

「それでどうして皇甫珪は顔を腫《は》らしているんだ？　君からの文では四人の男たちをバッサバッサと斬ったらしいのに」

「父に殴られたのよ。若い娘を夜中まで連れ回したって」

「それは気の毒だ。いいのか、今日もこんな朝早くから家を出てきて」

「別に構わないわ。殴られるのはどうせ皇甫珪だもの」

皇甫珪は終始黙っていた。彩蓮はツンとすましていたが、内心では悪いと思っている。正直になれないのは、公子の前だからではなく、最近、妙に近くなった皇甫珪との距離にとまどっているからである。

「それで首謀者は分かったか」

「あなたが首謀者でないのなら、調べた限り李永丞相ね」

「丞相？　彼がなぜ？」

「知らないわ。あの男がそう言ったの」

連れて来られたのは昨夜捕らえた男で両手を縛られ猿轡《さるぐつわ》と目隠しをされている。猿轡を取られると、恐れで体を震わせながら昨夜と同じように丞相の家人であることを告げ、お願いだから命ばかりは助けてくれと懇願する。

「この男はこちらが預かろう」

「ねぇ、もういいでしょ。首謀者の名前が分かったのだからわたしたちは家に帰って」

「気にならないのか」

「何が？」

「どこに小真の母親が行ったかということだよ」

「それはもちろん、気になるけど……」

公子は少し歩こうと言って土手を上り始めた。風が冷たく髪を揺らす。後ろからついてきた皇甫珪が上着を背にかけてくれた。公子はそんな大男に嫌な視線を向けたので、嫌味の一つでも言うかと思えば、話は元に戻る。

「このあと『歩《ほ》』という祭祀《さいし》があるのは知っているか」

「え、ええ。巫覡《ふげき》が土を踏む儀式よね……」

彩蓮はすっかり忘れていたことを思い出して落ち込んだ。昨日は忙しくてそれどころでなかったけれど、彩蓮が求めているのは、皇甫珪との外出でもなければ、公子との捜査でもなかった。巫女《みこ》として華々しく歌や踊りを披露して、次代の貞家の跡取りにふさわしいと認められることだった。一族に貢献し、本来の巫覡の仕事——祭祀を執り行いたかった。

「『歩』が何か？」

「君は忘れているようだけれど、儀式で土を踏むのは巫覡だけじゃない。王も踏む。土を踏むということは地を鎮め、その土地を自分の領土に変えるという太古の呪術《じゅじゅつ》的信仰行為が、今も儀式という形で残っているんだ」

「知っているわ、そんなこと」

「俺は、残りの息壌は宮殿に消えたと思っている」

彩蓮は瞠目《どうもく》した。

「丞相なら宮殿に一人の女ぐらい紛れ込ませる力はあるだろう。王の食事に混ぜさせるにしろ、王に息壌を踏ませるにしろ、どちらでも危険だ。そうではないか」

王が素足で踏みつけ息壌を鎮めようとするならば、息壌もまた生きようと必死で食らいついてくるはずである。ましてや食事に紛れさせるぐらい容易なことで、そうなれば小真の父親のような目に遭う。危険なことは確かである。

「それに燕志なる官吏は司空《しくう》の側近だった。司空は土木工事を司《つかさど》る重職でもちろん河の治水事業の責任者でもある。もし王が弑《しい》されたとなれば、国は混乱に陥り、その間に息壌を取り返して河に放り込むことも容易《たやす》い。丞相の目的はこの国の転覆だったのだ」

「まあ……」

「それでも君はこの件から下りるというのか？」

いつだってこの人は退路を塞《ふさ》ぐ。彩蓮は口を尖《とが》らせて言った。

「首謀者を突き止めるだけって言ったじゃない」

「君が嫌だというのなら強要はしない」

彩蓮は皇甫珪を振り返った。彼はそんな彼女のために一歩前に出る。

「それでは貞太祝さまが、彩蓮さまがこの件に関わっていたことを知ってしまいます」

「知られていないとでも？　彩蓮が言ったのだ。太祝は未来を視ることができるのだと」

父や祖父がそろそろ気づく頃だというのは分かっている。いや、もしかしたら「歩」の儀式に彩蓮を行かせないことにしたのも運気が悪かったからかもしれない。だからといって彩蓮もここまできたら引くに引けない。最後までやることをやって王を殺そうと企《たくら》んでいるだろう丞相を捕らえなければならない。

「まったく、そんな人間を丞相にするからいけないのよ」

「もっともだね。でも李永は俺のもっとも有力な後見人だった。見返りを求めるのは当然だろう？　丞相の地位ぐらいくれてやらなければならなかった」

公子は、皮肉っぽい笑みを浮かべた。つまり、丞相は公子騎遼の後見人で、察するに彼を太子にした功労者である。そんな騎遼が、自らの後見人たる李丞相を潰《つぶ》そうとしている。目の前の人は、本当に国のためを思って息壌を調べているのか、あるいは独り立ちするのに足かせになり得る人が邪魔になったから切り捨てようとしているのか――。どちらかというよりも、どちらとものような気が彩蓮にはした。

「分かったわ。宮殿へ行く」

「ありがとう、彩蓮」

「礼などいらないわ。乗りかかった船だもの」

「今回のことが無事に終わったら、君を父王に紹介しよう。俺の未来の花嫁だと言ってね」

「結構よ」

ぴしりと言って彩蓮は自分が乗ってきた馬車の方へと歩き出した。何か言いたげな大男を無視して馬車に乗り込む。

「王をお助けするのよ」

「はい」

腐っても皇甫珪は、元禁軍武官である。王家への忠誠は誰よりも厚い。彩蓮にこの件に関わって欲しくないと思っていても王の危機の前では反対することはできないし、彩蓮にも強くものを言えない。彼の立場はとても複雑で、このことが祖父や父に知られれば、下手をすると殴られるだけでは済まず、貞家から母親共々追い出される可能性もあった。彼女は彼の手を取った。

「ごめんなさい、皇甫珪。わたしのわがままに付き合わせて」

彼は彩蓮を見た。

「でもこの件が片付いたらあなたの願いはなんでも叶《かな》えるわ」

「なんでも？」

「ええ」

「では義父上《ちちうえ》にあなたを妻に欲しいと頼んでもいいですか」

彩蓮は大きな瞳《ひとみ》を純粋にぱちくりとさせた。

「公子を真似てそんな冗談言うのってあなたに似合わないわよ。でも、まあ、言いたければ言えば？　お祖父《じい》さまやお父さまがお許しになるとはとても思えないけど」

「お許しになったら？」

「お許しになったら――」

そこまで言って彩蓮は考えるのをやめた。

「さあ、行きましょ。公子の馬車に追いつかないと」

すでに騎遼の馬車は動き出していた。彩蓮は目をつぶった。それはこれ以上の会話を許さないという意思表示で、皇甫珪も何も言わなかった。しかし瞳をつぶれば、二人の祝言の模様がなぜか頭に浮かんでくるではないか。髭面《ひげづら》の暑苦しい三十路武官と彼の胸までしか背丈のない自分などどうもしっくりこない。皇甫珪との結婚などまずない。彼は巫覡でないし、結婚すれば彩蓮は巫女でもなくなる。どうやって一族を率いていくというのだ。彼がたとえ結婚したいなどと冗談でも申し出たら、それこそ父の拳《こぶし》が飛んでくるだろう。

――つまらない冗談を真に受けてはだめよ。

彩蓮はそう言い聞かせると、再び無になるべく強く瞼《まぶた》を閉じた。すると、借りたままだった彼の上着の匂いがやけに気になった。落ち着くというべきか、五感がくらむというべきか――。

「彩蓮さま」

「え？」

彼女は顔を上げた。

「宮殿で具合が悪くなったらいつでもおっしゃってください」

「ありがとう、皇甫珪」

彩蓮は素直に礼を言った。

9

彩蓮が宮殿に行くのはこれが二度目。付け届けをする妖《あや》かしの訪問で、貞家が忙しい朝の時間を狙って、裏門から家を抜け出した。朝霧に隠れるように歩く彩蓮を妖かしは訝《いぶか》って見たが、彼女はそのまま足速に宮門を目指した。到着する頃には、既に日は昇り、眩《まぶ》しいまでの朝日が差し込む。光の世界に一瞬にして引き入れられた彼女は立ちくらんだ。それを支えたのは待ち合わせていた公子騎遼で、彼の手のひらの中にある闇と光もまた彼女の体を激しく揺さぶった。

「皇甫珪」

その名を呼んだのは必然だろう。

皇甫珪は公子から彩蓮を奪うと抱き上げた。

「宮殿は彩蓮さまには良い場所ではないのです」

公子は黙って彩蓮を渡し、その頭を撫《な》でてから歩き出す。その背はとても孤独で誰も隣に立つことはないと語っているようだった。彩蓮は彼を支えてあげたいと人として思うのだけど、宮殿の空気はそんな彼女を拒む。

「皇甫珪」

胸が痛んで彩蓮は身近な人の名をまた呼んだ。彼は彼女をちょっと見て、そして微笑んだ。

「吐きたくなったらいつでも吐いていいですよ」

「吐かないわ」

「なったらの話です」

「うん」

気持ちが悪いのは確かだった。でも彩蓮は立って歩かねばならないと思った。公子騎遼が孤独であるように、彼女もまた貞一族の一員として背筋を正さなければならなかった。皇甫珪といるといつも頼りたくなる。そんな弱い自分は好きではない。

庭へまで行くと公子の足が止まる。

「大丈夫よ」

彼女は皇甫珪の腕から立ち上がり、公子騎遼の後を追った。そして宮殿の正殿の前庭へまで行くと公子の足が止まる。

「あれが丞相の李永だ」

見れば前庭には台《うてな》が設置され、白い旗が四方になびいていた。鼓が鳴り、編鐘《へんしょう》が奏でられる。まさに「歩」の儀式の真っ最中で、巫女《みこ》たちが華麗に袖《そで》を翻して神舞を舞っていた。その荘厳な儀式を狡猾《こうかつ》そうな男が、爵《さかずき》を片手に上段で眺めている。

「どうしてあらかじめ捕らえなかったのよ」

「一国の宰相を捕らえるのはそう簡単な話ではない」

「でもこっちには証人だっているわ」

「それでもだ。丞相が謀反を計画したという確固たる証拠はない。証人は嘘をつく可能性もあるし、計画は部下の独断だったと言い逃れることもできる。慎重には慎重を重ねなければならない」

「じゃ、王を危険にさらしていいの？」

「よくはない。しかしこれは苦渋の選択だった」

そうだ。公子騎遼とはこういう人だった。自作自演の呪詛《じゅそ》騒ぎのときも母親を使っていたし、李丞相を捕らえるためなら父親である王を利用しても不思議ではない。

王が靴を脱いだ。

太祝である祖父に代わって父の貞冥が王の手を取り、用意された土の上を歩き出す。

彩蓮は一歩前に出た。王が息壌を踏めば何が起こるか分からない。止めなければ――。

――どうしたらいいの？

彩蓮はあたりを見回した。小真の母親らしい影はなく、怪しい動きは一切ない。その空気の静けさが逆に身震いするほど気味悪い。

彩蓮は天を見上げた。

太陽が暗雲に隠れる。

「父たちは知っているの？」

「うすうす何か良くないことが起きることは気づいているだろう。それが巫覡《ふげき》というものだ。だからといって儀式を中止できない。俺が証拠を摑《つか》みながらも丞相を捕らえられないのと同じようにね」

祖父や父が、今日起こることを知らないはずがなかった。少なくともこの怪しげな天気を見れば、何かが起こることを怪しまない覡《かんなぎ》はいない。彩蓮は胸が激しく鼓動するのを感じた。袖の中にある息壌の入った玉の器がカタカタと音を立てて出たがっていた。ここの周辺に息壌が、それも大量にあるのは間違いない。

「どうしたらいい？」

「今は見ているしかない。王は幸運の持ち主だ。こんなことで死んだりしない」

「土を踏むということはその地の征服を意味するわ。息壌が反発するのは確実なのに」

彩蓮は謀反の現場を押さえるためとはいえ、見ているだけということは、どうしてもできなかった。それでは父も危ないし、王を見捨てるようなこともできない。人が傷つくことが何よりも嫌いな彩蓮だから、だったら自分が犠牲になる方がいいと思った。

「彩蓮？」

彼女の意を決した顔に公子がいぶかる。

「危ないわ。あなたはどいていて」

彩蓮は三歩前に出る。王が土の上に乗った。そして粘土のような土を踏みしめる。

巫女が国の繁栄を願う歌を歌い、天地を崇《あが》める呪を唱える。彩蓮は袖の中から玉の器を取り出した。王に取り憑《つ》こうとする息壌の注意をこちらに向けるのだ！

「彩蓮さま！」

「彩蓮！」

男たちの止める声がする。でもそれはとても遠くに聞こえた。彩蓮は器を見下ろすと、一度長く息を吐いてから、蓋《ふた》をゆっくりと開けた。中にある息壌は勢いよく飛び出した。彩蓮は逃げないように呪を唱えて目には見えない綱でそれを縛る。きっと息壌は一塊にまとまろうとするに違いない。彩蓮さえ、手の中の息壌を放さなければ、王の足の下の生きた土はこちらへと飛んでくるはずである。

「彩蓮さま！」

皇甫珪の声がもう一度した。とても切迫した声で、空《くう》を切り裂くように聞こえた。が、彼女は無視してもう一歩前に進む。

「こっちよ！　こっちに来なさい！」

しかし、まだ息壌はこちらに気づいてはくれなかった。

やがて王が踏んでいた土が動き出し、うねってその足を捕らえる。身動きできなくなった王は彩蓮の父に必死に手を差し出し、助けを求めたが、土は貞冥が呪を唱える前にその口を塞《ふさ》いでしまう。呼吸ができなくなった二人の壮年の男は、苦しみにもがいた。

むろん禁軍の兵士は王の危機を救おうと勇敢にもすぐに走り寄った。だが、三歩も行かないうちに足を取られて土の中に引きずり込まれる。しかも土は瞬く間に増殖し、逃げ惑う人々を捕まえようと、足元まで迫って来る。宮女たちの悲鳴や、飲まれた人々の苦痛に満ちた声で前庭は騒然となった。

「こっちよ！　こっちに集まりなさい！」

早く助けねばと思った彩蓮は大きく手を振る。

そして彼女は一度、手の中の息壌に目を落としてから、意を決すると、息壌を思いっきり空に高く投げた。虚空に飛んだ土塊《つちくれ》は、青い空の光の中に一瞬溶けた。

その瞬間のことだ。

王たちに纏《まと》わりついていた土は男二人を離し、彩蓮の投げた息壌を追いかけるように跳ね上がったかと思うと、一つの塊となってどすんと地に落ちた。

うねる土塊は、勢いを衰えぬまま地を動き回り、彩蓮の足を捕らえた。足に絡みつくのを手で取り除こうとしたけれど、今度は彼女の手が土に飲まれる。そして腕から肩へ、肩から首へとうねる土は彼女を飲み込み、あっという間に口まで到達した。彼女は悲鳴を上げる間もなく土塊の一部となってしまった。

呼吸ができない。

手足が動かない。

——助けて！

彩蓮の顔が土の中に消える。呪を唱えようとするも、宮殿の中は悪気で溢《あふ》れ、力を上手《うま》く発揮できない。しかもこの息壌は生贄《いけにえ》を得ているのか、血の臭いがし、術者を拒む邪悪な汚れの気を放っている。こういう時に半人前の自分が、恨めしくてならなかった。

こうなったら自力では脱出できない。息が吸えず、彩蓮は死を覚悟した。

「彩蓮さま！」

しかし、そこに親しい人の声がした。土を斬っているのは、皇甫珪である。

普段、こういう霊妙な存在を怖がるくせに今は必死になって剣をふるう。彼の手が彩蓮の足首を摑み、力いっぱい握ると、「うおお」と地を轟《とどろ》かせるように叫びながら、彩蓮を息壌から引きずり出した。

「大丈夫ですか?!」

あと少し遅ければ窒息していたはずである。間一髪、助かった。地に座り込んでいた彩蓮は恩人を見上げた。

「し、死ぬかと思った……」

「死なれては困ります！」

「ありがとう、皇甫珪」

「なんのこれしき」

皇甫珪は微笑み、彩蓮は力が抜けた。

もう動けない彩蓮に代わって貞一族の巫女《みこ》たちが息壌の四方を囲う。そして華麗に袖《そで》を振ると揃って呪を唱える。その美しさときたら言いようがなかった。息はぴったりと合い、高く美しい歌声が辺りに響き渡った。皆が見惚《みと》れて、天女が下りてきたように感嘆のため息を漏らした。

　すると彩蓮は、無様に息壊から救出されて土だらけの自分がみすぼらしく思えた。髪はべとべとし、化粧も剝《は》げている。せっかくの衣も真っ黒である。

「帰りましょう……」

　彩蓮は父が息壊を抑えるべく札を貼るのを見届けると、すべてから背を向けた。そしてとぼとぼと歩き出す。巫女たちのような活躍こそ彩蓮が望んだことなのに、自分はいつも悪いくじを引くと思った。

「彩蓮さま」

「疲れたわ。ここの空気はわたしには合わない」

　皇甫珪は剣を鞘《さや》に納めると何度か後ろを振り返りながら彩蓮の後をゆく。公子騎遼が慌てて追いかけて来ると、彩蓮の腕を取った。

「どこに行く？」

「帰るの。とても疲れたから」

「王をお助けしたんだ。お褒めの言葉がある」

「お褒めの言葉は貞一族が受けるべきでわたし個人のものじゃないわ」

「それでも、君が王を助けた」

「そんなことないわ。一族の……巫女たちが息壊を鎮めたの。それに小真の母親がどこにいるのか捜さないといけないわ」

「彩蓮、待て」

「じゃ」

彩蓮はそう言うと踵《きびす》を返した。しかし彼女が前庭を出る前に足早に追い抜こうとする者がいる。丞相の李永と燕志である。逃げる気だと思ったときには、彩蓮は考えるより走り出し、皇甫珪の剣をさっと抜いて近づくと男の首元に突きつけていた。

「な、なんと無礼な！」

男は自分が丞相と知っての無礼かと威嚇するが、彩蓮はいたって落ち着いていた。

「どこに行く気？」

混乱に乗じて逃げようとしているのは確かである。公子騎遼が離れたところから叫んだ。

「そいつを捕まえろ、皇甫珪！」

皇甫珪が老人に体当たりして、地べたに転がすと、彩蓮は官吏の燕志の方に剣を向ける。

「観念しなさい。あなたたちが今日のこの事件の首謀者であることは既に調査済みよ」

「かくなる上は仕方ない」

老人の言葉を彩蓮は理解できていなかった。しかしその言葉の意味をすぐ知ることになる。老人が手を挙げると、一気に周りの兵士たちが彩蓮たちに剣を抜いたのである。彩蓮はゴクリと唾《つば》を飲み込む。助け出され、手当てされていた王もまさか禁軍兵士の一部がこんな風に背くとは思っていなかったのだろう。戸惑いと怒りに満ちた顔をした。

「彩蓮！」

武術の嗜《たしな》みはない。しかし剣舞は習っている。それは神舞よりも得意である。もちろん実戦とは違うと分かっていたけれど、剣を持つほか今は選択肢がない。

「かかってきなさい！」

公子騎遼が皇甫珪に剣を投げた。彼は誰のものとも知れない剣を握るとまるで自分のものかのように右に左にと振るい始める。一人を斬り、二人を斬り、三人目を回し蹴《げ》りで顎《あご》を砕くと、四人目は胸を突いた。

一方、彩蓮も負けてはいない。

禁軍兵士とはいえ、術を使いこなせる巫覡《ふげき》と戦うのは容易ではない。襲いかかってきた一人目を術で一瞬だけ動けなくすると、その瞬間に脇腹を斬った。そしてしなやかな体を反らして二人目の剣を避《よ》け、体を反転させて相手のすねを蹴り、立っていられなくさせる。三人目は剣を持つ手を返し、通り過ぎざまに肩を斬った。

「ご無事ですか、彩蓮さま」

「ええ……そっちこそ無事？」

彩蓮は肩で息をして言う。強がったが、少しでも力を使うとめまいが起こる。

「もちろん、怪我一つしていません」

皇甫珪は白い歯を見せた。

見れば公子も善戦しており、貞家の巫女たちは王の四方を囲って呪を唱えている。貞冥も指先で空を切って反逆者たちに短剣のように鋭くした気を浴びせて次々に倒していった。

「彩蓮！」

公子騎遼の声が聞こえた。

「無茶をするな」

彼は部下たちに丞相李永を捕らえるように命じると、彩蓮に走り寄った。そしてどこも怪我をしていないのを確認する。

「宮殿で休んでいくといい」

「いい。わたしは――」

断りの言葉を告げようとした。が、突然、公子騎遼の体がくの字に曲がる。驚いて見れば、最後の足掻《あが》きに丞相李永が手持ちの息壌を公子に投げつけたのだった。粘土のような土は彼の背を這《は》ったかと思うと口と鼻を塞《ふさ》ごうとする。彩蓮は急いで、それを剝《は》がそうとした。

「あっ！」

思わず声を上げたのは、閃光《せんこう》とともに一人の女の最期が浮かんだからである。今、触れているのは小真の母親が運ばされた土なのだろう。苦しい。助けてくれ。そう願った女は大きな腹を持つ。彼女の思いは念となり、幻想となって彩蓮にその辛《つら》い記憶を見せている。しかし彩蓮が、それに怯《おび》えたのは一瞬のこと。すぐに気を取り直して、彩蓮は人差し指と中指の二本を天に向け、指先に囁《ささや》くように呪を唱えた。なけなしの力をすべて吐き出す。その後のことなどどうでもよかった。今はただ騎遼を助けなければというその一心だった。

「天地よ！　我に力を！」

彩蓮は指で一文字を切った。

すると閃光が煌《きら》めき、淀《よど》んだ空気を一瞬にして浄化させた。怒りと悲しみが、彼女の奥底にある力を目覚めさせたにちがいなかった。そして光は、公子を襲っている生きた土を引き裂き、四方に吹き飛ばした。

「大丈夫⁈」

座り込んだ公子騎遼のもとに慌てて駆け寄ると、彼は酷《ひど》く咳《せ》き込み、彩蓮はその背を撫《な》でてやった。

「また助けられたな」

「別に大したことではないわ」

「いや。命を助けられたんだ。感謝するよ」

彼は眩《まぶ》しそうに彩蓮を見上げた。それに少し照れた彼女は、頬を赤らめると、乱れた髪を撫でる。

「お礼なんて言い合う仲じゃないわ。友達だって言ったのはあなたよ」

彩蓮は、なんだか笑いたくなってきた。それは公子が意外にも素直に礼を言い、またそれを彩蓮が受け入れたからでもあるし、友だと互いに認めたからでもある。くすぐったいような、そんな気持ちで、公子騎遼を見れば、いつもの仮面の微笑みではなく、爽《さわ》やかな普通の青年らしい笑みが返ってきた。

「君が無事でよかった」

騎遼が瞳《ひとみ》を鋭くした。見れば謀反人の武官たちが剣を地べたに捨てたところで、皇甫珪たちが首領の李永の首根っこを押さえていた。王も巫医《ふい》の手当を受け、父の貞冥も配下に息壊を鎮める指示を出している。彩蓮はほっと一息吐いた。けが人は多そうだが、死亡者はいない様子である。そして謀反人は捨て台詞《ぜりふ》を吐きながら、引っ立てられて行った——。

「痛っ」

黙ってそれを見ていた彩蓮の頬を、なぜか突然、騎遼は指でつまむ。眉《まゆ》を上げて睨《にら》むと彼は言った。

「君は笑ったところも可愛いが、怒ったところも可愛い。なんというか、表情がコロコロ変わるのがいいね」

「表情なんて誰でも変わるわ」

「宮廷の人間はそれほど変わらない」

彩蓮は黙った。彼の瞳に慈愛が浮かんだ。

「笑っていて欲しい。君にはずっと。だから無茶はするな」

その言葉に少し寂しさが込められているように聞こえたのはたぶん気のせいではないだろう。もう一度、騎遼の顔を仰ぐと、それはいつもの作り笑いになっていて、捕らえられていく李永と燕志を冷ややかな瞳で見やった。

調査が進めば、もっと関わった者たちが捕縛されるだろう。しかし、しっかり親玉の丞相、李永を捕らえることができたことは大きい。淑国との関係もやがて明らかになるだろう。

「一件落着ね」

力を使い切って座り込んだ彩蓮は、青い空を望みながらゆっくりと息を吐いた。

10

「一件落着には少し早い」

公子騎遼が彩蓮の家を訪れたのはそれから半月のことだった。丞相以下この事件に関わった者は皆捕らえられ、平穏な日々が戻って来たばかりの頃である。ちょうど一族の者たちがみな隣の邑《むら》に祭祀《さいし》に出かけて留守をしているときで、人のいないのを狙って来たのだろう。彩蓮はあからさまに迷惑顔をしたが、向こうはそんなことを意に介さずにどんどんと客間に上がり込む。

「久しいな、彩蓮。少し見ない間に、また一段と美しくなった」

「あなたはホント相変わらずね。口ばっかり達者で、ほんの半月ほどしか経ってないじゃない」

「君の口から発せられるものはすべて可愛いから不思議だよ」

彼は彩蓮の嫌味など屁《へ》でもない。優雅に茶器を手に取る。彩蓮は一癖ある男の賞賛を無視して彼が連れてきた二人の訪問者に微笑みかけた。

「久しぶりね、小真、小春」

「ご無沙汰《ぶさた》しています」

「小春の体調はもういいの?」

「はい。なんとか。彩蓮さまに処方していただいた薬で元気になりました」

妹の代わりに小真が答え、豪邸に気後れしている少女は、もじもじと彼の背の後ろでぺこりと頭を下げる。二人は、公子と一緒の席に座るのは恐れ多いらしく、立ったまま居心地悪そうにしている。特に頭の良い小真は、得体の知れない貴人を警戒しているらしく、無邪気な小春の手をしっかりと握っていた。

「この者たちの面倒を君がみてやってくれ」

「二人を?」

「ああ。宮殿に引き取ったが、宮仕えは肩がこる。ここの方がこの者らは気が楽だろう」

小真兄妹《きょうだい》の両親は殺され、主人は謀反人として捕らえられている。屋敷は没収になって住む家もない。彩蓮は父親に頼んで家に置いてもらえるようにすることにした。

小真はとても気の利く少年だし、妹の小春はまだ具合が良くないようだが、素直で人に好かれる子なのでここでも上手《うま》くやっていけるだろう。

「ようこそ、貞家に。歓迎するわ」

「彩蓮さま、どうぞよろしくお願いします」

二人とも宮廷よりもこちらの方がよかったらしくほっと胸をなで下ろす。彩蓮は席を勧めたが、二人は両手を大きく振って遠慮した。

「いえいえいえ、本当にお構いなく。僕たちは喉《のど》が渇いておりませんので……」

彩蓮は苦笑した。

「じゃ、屋敷の中でも見てらっしゃい。後で一緒に夕食を食べましょう。うちでは家族はみんな一緒に御飯を食べるのが決まりなの。小春はいっぱい精の付くものを食べて元気にならなきゃね」

二人は深く頭を下げると、部屋を下がって行った。残ったのは彩蓮、皇甫珪、公子騎遼である。大事な話があるようで、短気な彩蓮はのんびり構える公子より先に切り出した。

「わざわざ家に来るってどういうこと？　まさかあの子たちを連れて来るのが目的だったとは言わないわよね。あなたそんな良い人ではないし」

「言うね、彩蓮。君のそういう歯に衣《きぬ》着せぬところがすがすがしくていい」

公子騎遼は茶器を置いた。そして続ける。

「忘れてはいけないよ、彩蓮。燕志の家の蔵にあった息壌の始末の話だ」

「父がやっているって聞いたわ」

「貞家はすべての息壌を淑国に送り返そうとしている」

「当然よ。生きた土なんてここに置いておくのはとても危険だわ。またどんなことに使われるか分からないじゃない」

公子騎遼は椅子を引くと小声になった。

「かといって敵国に置くのも心配だ。鎮めて封印するにしても貞家の管轄になる。だから俺としては少量を手元に置いておきたいと思っている」

「はぁ?! 殺されかけたのにまだ懲りてないみたいね」

「懲りているよ。でも、考えてみてほしい。息壌っていう土は蟲《むし》とは違ってもともとは悪いものではない。人によって、あるいは使い方によって良くも悪くもなる」

「まあ、それはそうだけど……あなたが正しい使い方をするとは思えないのよね」

「そこで話だ」

「何よ」

「君にこれを保管していて欲しい」

差し出されたのは見たことのある玉の器だ。

「まさかこの中に息壌が入っているのではないわよね?」

「そのまさかだよ、彩蓮。でも小指の爪ほどもない。君にぜひ預かっていて欲しい」

「わたしは貞一族の人間よ。こっそり息壌を隠し持っているなんて父に知れたら大変なことになるわ」

「預かってくれるのなら礼をするよ」

「預からないと言ったら？」

「俺は巫覡《ふげき》ではないから未来は視えないが、まず君の一族に不幸が起こるのは間違いないね。たとえば君のお祖父《じい》さんが冷たい牢獄《ろうごく》に入れられるとか。年を取っているから気の毒なことだ」

この人はやると言ったらやる人だ。女のような美しい顔で戦場に行って何万という異民族を討伐することができるだけでなく、兄弟すら陥れる。申し出を断れば、きっと躊躇《ちゅうちょ》なく貞一族を滅ぼすために謀略を巡らすだろう。彩蓮は大きなため息を吐いた。

「分かったわよ。預かればいいんでしょ。預かれば！」

彩蓮は玉でできた器をひったくると袖《そで》の中にしまった。面倒なことを引き受けてしまったと次の瞬間後悔で胸がいっぱいになる。

「では預けたよ。ちゃんと保管していて欲しい」

「はいはい」

「じゃ、帰ったらすぐに婚礼の申込みの文を遣わすから」

「は？」

「礼はすると言っただろう？　君を后《きさき》に迎えよう。太子妃は君に決まる。将来は王后だ。よかったな、彩蓮」

「は？　そんなの頼んでない！」

彩蓮は腹を立てて腰に両手を当てた。

「お礼はお金にして。お金に！　お金が一番ありがたいわ」

「君は無欲で謙虚だね。そういうところが好きだよ、彩蓮」

「わたしはあなたのそういう口達者なところが嫌いだわ」

彼は笑った。嫌味な笑みではなく、白い歯を見せて笑う。今でも人を惹《ひ》き付ける何かを持っているが、もう少し素直に育てば彼はもっともっと素敵な人になっていたことだろう。

「では頼んだよ、愛《いと》しの彩蓮」

「気持ちが悪いからそういうの言わないで」

「恥ずかしがりやだな、我が未来の妻は」

「騎遼！」

「これで事件は一段落だ。あとは婚礼をして君が宮殿に越してくるのを待つだけだ」

「もう何も言いたくないわ」

彩蓮は呆《あき》れた顔をし、騎遼はまた爽《さわ》やかに笑った。愛云々《うんぬん》は、本当かは定かではないが、彩蓮と話すのは嫌ではないらしい。孤独な為政者のほんのひと時の気晴らしぐらいになっているのなら、それもいいと彼女は思った。

「じゃあな、彩蓮」

「ええ。あなたも元気でね」

「ああ」

騎遼が太子になるのはもうすぐである。そうしたら彼は宮殿からなかなか出られなくなるだろう。会うこともないかもしれない。そう思うと、彩蓮は急に名残惜しくなった。

「また会える?」

「君が望めばいつでも会えるよ」

彼は微笑み、部屋を出た。彩蓮は彼を馬車まで見送ったが言葉はかわさなかった。だけどじっとその背を見つめて彼の未来を案じる。太子となり、王となって彼は幸せに暮らして行けるのだろうか。彼の横に立つ女《ひと》がそれを支えて行けるのだろうか。彩蓮は馬車が見えなくなるまで門の前に立っていた。

「彩蓮さま」

振り返ると皇甫珪がいた。ずっといたのに存在すら忘れていた。何度も名を呼んでいたようだった。

「何?」

「息壌などを預かってよかったのですか」

「よくないわよ。よくないけどそうするしかないでしょ。お祖父さまが捕らえられたらどうするのよ」

「お断りになるべきでした」

「そんなことできるわけがないじゃない。一国の丞相も、あの人の兄たちだって消えて行ったのよ。あの頭の良い人だもの。わたしたちのことなんて、なんとでもなるわ」

「約束してください」

「約束？」

「もうあの公子には関わらないと」

「できるならそうするわ」

髭面《ひげづら》の大男は、まっすぐに彼女を見た。

「できるなら、ではなく、やりますと言ってください」

「皇甫珪？」

「関わって欲しくないのです……」

皇甫珪は彩蓮から息壌の入った器を奪うとすたすたと歩き出す。彩蓮は慌てて追いかけた。

「ちょっと、皇甫珪！　返して」

「俺が預かります」

「そんなの危険よ。あなたは巫覡ではないんだから」

「いいですか。反対するなら義父上に言いつけますからね」

「……ずるいわ」

「この件は終わったのです。もう公子と関わらないでください」

「……言われなくてもそのつもりよ」

「あと、この件が終わったらなんでも願いを叶《かな》えてくれると言いましたよね？」

「え、ええ」

彩蓮は不安になった。

「あなたが欲しい」

「は？」

「俺と結婚してください」

「はぁ？」

身分が違う、年齢が違う、そもそも護衛と主人。そんな二人が結婚できるわけがない。彩蓮はなんの冗談を言っているのかと思った。しかし、無骨で恋などというものに縁のなさそうな元武官が眼差《まなざ》しを真剣なものに変えていた。

「こ、皇甫珪……わたし、あの……」

「好きです、彩蓮さま」

「す、好き?!」

「妻になってください」

彩蓮は言葉を失ったまま立ち尽くしていたけれど、なんとか声を絞り出す。

「お父さまがお許しになるはずはないわ」

「お許しは俺が絶対に頂きます」

「でもあなた結婚話があるって――それはどうするのよ、うるさい家の娘だって言っていたわよね？」

「それはあなたとの話です、彩蓮さま」

「は？　ええええ？」

「太祝さまからお話があったのです。ですが、義父上がお許しくださらず、数年が経ちました。でも彩蓮さまが諾《うん》と言ってくださるのなら、必ずや説得いたします」

彼女は頭を掻《か》きむしる。いつからそんな話が出ていたのだろう。そして皇甫珪はいつから自分をそういう風に見ていたのだろう。疑問は尽きないのに頭は上手《うま》く回転しない。彩蓮は情けなく眉《まゆ》を下げた。すると皇甫珪が緊張をゆるめ、微笑みとともに小さくため息を吐いて言った。

「事件も片付いたことですし、甘いものでも食べに行きますか」

「何よいきなり？」

「俺は気が長いのでゆっくり口説くことにします」

彼は彩蓮が混乱しているのを見て話題を変えてくれたのだ。でも釘《くぎ》をさすのは忘れない。

「なにしろ俺は大人ですからね。子供を口説くぐらい容易《たやす》いですよ。覚悟していてください。俺は本気で行きます」

彩蓮は真っ赤になって縮こまった。人から面と向かって本気の告白をされたのは初めてである。なんと答えていいのか、どんな顔をしたらいいのか分からない。そんな彼女を気遣うように皇甫珪はやさしい声音で言った。

「さあ、行きましょう。ついでに話してあった馬を見に行かねばなりません」

「ええ。でもそれは甘いものを食べてからよ」

「そうしましょう」

微笑んだ髭面の男。

彩蓮はこの男が嫌いではなかった。十七歳の少女と三十路《みそじ》元武官。凸凹だけど、一緒にいるのは悪くない。恋とか愛とかは分からないが、まあ、いい。とにかく今日は二人で出かけてみよう。彩蓮にはどうせ明日《あした》の運命は視えないのだから。

彼女は蒼天《そうてん》の下で大きく伸びをした。

第三章　異国の陰謀

1

「まったくなんでわたしばっかりこういう仕事なのよ」

強い日差しが照りつける夏の日、彩蓮は団子を食べながら変死体の前に立っていた。内緒で芝居を観に行って、帰りが遅くなったことを父親にこっぴどく叱られ、しばらく舞をする巫女《みこ》から外すと言われてしまったのである。公子騎遼からたんまりもらった金も没収されてしまったし、小遣いもない。タダ働きで変死体の確認とその穢《けがれ》を祓《はら》う仕事をしている。

「もう一本食べたい」

彩蓮は食べ終わった団子の串《くし》の先で皇甫珪をつつきながら言った。

「団子が今、いったいいくらすると思っているのですか、少しは我慢してください」

もっぱら外での飲み食いは皇甫珪に払ってもらっている。買って欲しいと彩蓮に頼まれれば最終的に断りはしないが、彼も薄給だから言うことは言う。

「でもわたしのおかげでこの辺りじゃ一番いい馬に乗れているでしょ」

「それは……」

「みんなあなたを噂しているわ。あれが駿馬《しゅんめ》の皇甫珪よって」

彩蓮は約束どおり買ってもらった馬を皇甫珪に譲った。彼女は馬など興味もないし、移動は馬車を好む。親から買ってもらった駿馬はもっぱら皇甫珪が面倒を見て乗り回していた。いい馬に乗ると男の価値は三割増しになるらしい。今まで髭面《ひげづら》男などに見向きもしなかった近所のご婦人までもヒソヒソと噂し、皇甫珪の評判はすこぶるいい。

「団子なんてなによ。馬に比べたらそのたてがみ一本の値もないじゃない」

「でもですね。昨今では団子の値段が倍もするんですよ。団子を止めて饅頭《マントー》にしたらどうです？　腹がいっぱいになってご飯代わりにもなります」

「どうして団子は倍もするようになったの？」

彩蓮は五十歳ぐらいの男の死体の口の中に蟲《むし》がいないか確認しながら尋ねた。

「戦が起こるという噂があって米を買い占めしている者がいるからです。米の値が上がったおかげでなんでも高い」

「ふうん」

「それにしてもよくこの死体を前に物が喉《のど》を通りますね」

「慣れよ」

彩蓮は死体の胸に突き刺さったままの匕首《ひしゅ》を取り上げると、よくよく眺めた。そして祖父から佩玉《おびかざり》を借りてきたことを思い出す。翡翠《ひすい》でできているそれは長い間持ち主と共にいることでその霊力を身に蓄えることができる。つまり、ほんの束の間であれば、彩蓮は祖父の力を借りることができるのである。彩蓮は右手に匕首を、左手に佩玉を持つとぎゅっと握りしめた。そして心を落ち着かせる。雑念を捨てて匕首が覚えている主《あるじ》の顔を思い浮かべるためにゆっくりと目を閉じた。

男だ。

黒い衣を着ている。

つり目で、背は高く、大きな痣《あざ》が顔にある。一度見たら忘れられないその顔は、どこかで見たことがあるものだった。

「どうです？　彩蓮さま？　何か視えましたか」

彩蓮は野次馬を見回した。

すると一人の男と目が合う。

目尻《めじり》のところにあるのは黒い痣。彩蓮ははっとした。あいつだ！

「皇甫珪！　あの男を捕まえて！」

彩蓮はさっと手を上げると、男を指差す。男は慌てて身を翻し人混みを縫って走り出した。しかし彩蓮の護衛はそれを逃さない。周りに人がいるのも構わずに猛進していくと両手を広げて男の胴を捕らえた。まるで牙《きば》をむき出しにした猪だ。そして体重をすべてかけて突き飛ばせば、頭から転んだ男は、気を失って伸びた。

「生きているんでしょうね」

「たぶん」

皇甫珪は頭を掻《か》く。

「こいつが犯人で？」

「さあ」

「さあでは困ります」

「あの匕首の持ち主であるのは、間違いないわ。役人に引き渡しましょう。わたしたちがここにいる目的は、犯人捜しではなく、穢の浄化よ」

皇甫珪が男を役人に引き渡すと、彩蓮は酒を手にした。地に撒《ま》き清めるためである。しかし横にいる髭面が考え込むように顎《あご》に指を置いてその場からどかない。

「それにしても嫌な目つきの男でした」

「殺人鬼ですもの。そんなものでしょ。さあ、そこをどいて」

ここにはもう霊はおらず別になんの危険もないが、人間とは儀式が好きなのである。浄化の儀式をしてありがたい呪文《じゅもん》を唱えてやれば手を合わせて街の者らが感謝する。

そして彩蓮の懐には少しばかりの謝礼が入る。宮殿の舞姫のような華やぎはないが、地道な見返りはあるのだ。

彩蓮は酒を辺りに撒き、いつもより少し大仰に呪《じゅ》を唱えて、塩も撒いた。

隣人が言うには、捕まえた男は被害者の妻といい仲だったらしい。つまり間男に殺されたのである。気の毒ではあるが、彩蓮の関心は薄れた。次の変死体の処理に行かなければならない。

彩蓮は塩のついた手を払うと、悪霊祓《ばらい》に使った獣面を抱きかかえて帰路につこうと襟を直す。皇甫珪がそれに続く。しかし、数歩もしないうちにその足は止められる。二人の横に一台の豪奢《ごうしゃ》な馬車が止まったかと思うと、後ろの御簾《みす》が少しだけ開いたのである。

「すばらしいね。皇甫珪」

微笑した相手に彩蓮たちは固まった。

「どうした？　幽霊でも見たような顔をしているね」

彩蓮と皇甫珪が驚くのも無理はない。中から顔を出したのは、立坊《りつぼう》したばかりの公子、いや、太子騎遼だったのだから。

彼は相変わらずの美麗な微笑みを浮かべ、絹の袖《そで》から堂々とあの翡翠の指輪を見せていた。こんな下町の死体発見現場にいていい人ではない。

「乗るといい。送っていこう」

「結構よ。自分の馬車がある」

「いや、俺は皇甫珪に言っているんだ」

彩蓮と皇甫珪の二人は顔を見合わせた。

「なんか気持ち悪いわ。皇甫珪に用事があるなんて」

「実は皇甫珪に軍に戻って来て欲しい」

髭面男は顔を強張《こわば》らせ、棒立ちになった。彩蓮は背の高い彼を心配げに見上げる。

「近々淑国と戦になりそうなのだ。それでいい武人を集めている」

「お断りします」

皇甫珪ははっきりとそう言った。

「断ることはできないよ。でなければ俺がわざわざ出向くことはない」

「軍に戻る気はありません」

「それでは、お前の十四歳の弟を連れて行くというのはどうだ？」

皇甫珪には田舎で暮らす年の離れた弟がいる。都に一度も上ったこともない家族のことまで調べ上げて脅す騎遼に、彩蓮は腹を立てた。

「皇甫珪は貸せないわ」

「君の忠実なる番犬なのは分かっているが、今は国の一大事だ。譲って欲しい」

「駄目って言ったら駄目。戦には行かせないし、その弟も駄目よ」

「皇甫珪ほどの男はそういはいない。それを得るためには手段は選べない」

「どうするつもりよ」

彩蓮は一歩後ろに引いた。嫌な予感がする。

「これを君の父君に」

渡されたのは絹に書かれた文である。

「何よ、これ」

「家に帰って開けてみれば分かるよ、彩蓮」

彼は上品に微笑みそれを扇で隠した。普段、髭面男に慣れているせいか、眩《まぶ》しいまでに男前である。彩蓮は反射的に赤らんだ顔を見られたくなくて瞳《ひとみ》を逸《そ》らせた。そういう乙女の仕草をこの太子はよく分かっているのか、流し目を送り微笑むと、同じ顔で、しかし凍りついた眼で皇甫珪を見た。

「主とよく相談して決めるのだな」

「お断りすると言ったはずです」

「若い弟は軍にあこがれているらしいね。勇敢で結構なことだ。戦場でまず命を落とすのは臆病者《おくびょう》ではないという。戦に何度も行ったことのあるお前ならよく分かっているだろうけれど」

「まだ十四の弟を前線にやるというのですか。兵役の年にもなっていません」

「どうとってくれても構わないよ、皇甫珪。しかし、俺はお前に期待している。禁軍を辞めたのも馬鹿にされた部下を庇《かば》って上官を殴っただけの話だ。そんなことを俺は気にしないよ」

皇甫珪は口をつぐみ、無礼にも太子に背中を向けて歩き出した。そしてそれを追いかけた彩蓮を無理やり自分の馬に乗せると、馬の腹を蹴《け》ってとっとと太子の馬車とは反対側へと走り出してしまう。

「皇甫珪……」

「………」

「皇甫珪ってば！」

彩蓮がなんと言っても彼は馬を走らせ続けた。そして明河の畔《ほとり》に来るとようやく手綱を引いて馬を止めた。

「皇甫珪」

彩蓮はずっと気になっていたことを尋ねた。

「本当は軍に戻りたいと思っているんじゃないの？」

武人が軍に入らず、少女のおもりになったなど恥ずかしい話だろう。彼はかつての同僚を見かけると隠れたり、あるいは忙しそうにしたりする。この前、禁軍復帰を断わったのは、きっと貞家に遠慮したからだと思っていた。しかし、皇甫珪はやさしい瞳で振り返った彼女を見た。

「それが何か分かりますか」

皇甫珪は彩蓮の持っていた文を指差した。

「それ？　ああ、これ？」

「そこにはあなたを妻にしたいという太子の内意があると思うのです」

「な、内意――って」

「太子のことです。すでに王の許しは得ているはずです」

彩蓮は息を飲んだ。騎遼が妻にしたいなどというのは冗談とばかり思っていた。確かに彼はとても魅力的な人でそのまばゆい運命は巫覡《ふげき》として気になるけれど、彩蓮は後宮に住まう花とはなりたくなかった。何よりあの空気を彼女は受け付けない。

「徴兵を断われば、太子は彩蓮さまを妻にし、結局、何かと理由をつけて俺を軍に入れるつもりです」

「そんな……」

「太子が望めばきっとそうなるのです」

「お父さまに頼めば、なんとか徴兵を断ってくれるわ」

「俺は戦に行きたくないわけでも、太子に仕えたくないわけでもないのです」

「だったら――」

「あなたとともにありたいのです」

「皇甫珪……」

「太子は俺のあなたへの気持ちに気づいている。だからそうして脅しているのです。もし軍に戻らなければ、彩蓮さまを取り上げるぞと言ってきているのです」

皇甫珪は腹を立てていた。もちろん太子騎遼にである。太子は周到に罠《わな》を仕掛けて猟に出る人で決して狙った獲物を逃さない。ある意味優秀であり、頼もしい未来の王とは言える。でも彩蓮たちにとってはとても恐ろしい人なのだった。

「どうしたらいい？」

「俺が軍に戻ります」

「でも――」

「あなたを失うぐらいなら俺は戦に行きます」

皇甫珪の眼差《まなざ》しは熱かった。

2

皇甫珪が姿を消したのは次の日の朝のことだった。

彩蓮にさえ何も言わずに家を出て行き、ただ馬を勝手に連れて行くことを詫《わ》びる文だけが机の上に残されていた。彩蓮は空っぽになった部屋を見て、どうしようもない虚無感に襲われた。皇甫珪がいるのが当たり前になっていた日常にぽかんと大きな穴が空き、理解しがたい喪失感と行き場のない怒りで胸がいっぱいになる。

——なんで何にも言わないのよ……一言言ってくれればいいのに。

彩蓮の瞳から涙が出てきた。そして団子が食べたくなった。皇甫珪が買ってくれた衣で出かけて団子を強請《ねだ》る。太ると文句を言われながらも、「いいじゃない、ケチ」と言って買ってもらうのだ。そういうなんの変哲もない日常がひどく恋しくてならなくなった。

しかし、世の中は彩蓮が望んでいるような平穏で静かなものではなかった。

その三日後には太子騎遼は王の名代として淑国に出兵することとなり、三万の兵を率いて大路で行列を組んだ。もちろん、彩蓮は皇甫珪を見送るべく、人混みを掻《か》き分けて行列の中に彼はいないかと捜しに行ったが、髭面《ひげづら》男の姿を見つけることはできなかった。

「お父さま、皇甫珪は別れの挨拶《あいさつ》をしたの？」

彩蓮は覡《かんなぎ》の白い衣を着た父を書斎で捕まえると開口一番に尋ねた。

「別れの挨拶などしておらん」

「何か他には言わなかった？」

「それはお前の婚礼のことか」

　彩蓮は何も答えずに、ただ、うつむく。すると忙しそうにしていた父は手にしていた書類を机に置いて彩蓮を見た。

「武功を立てて我が家に釣り合う官職を得たらお前をくれてやろうとは答えた」

「え？　でもお父さま……わたしは――」

「問題があるのか？　皇甫珪は息壌の件が片付いたら、お前が婚礼の申込みをしてもいいと言ったと答えおったぞ」

「それは――ええっとそれは……」

「一度発した言霊は覆せないのは巫覡なら知っているだろう。望んでいないのなら安易に人と約束するものではない。約束とは言葉を縛る呪術《じゅじゅつ》だ」

　そう言われては、彩蓮も黙るほかない。

「それに太祝は、皇甫珪は生まれこそ卑しいが、禁軍に復帰すれば出世の道はいくらでもあるし、人柄もいい男だと評価している。お前のことを考えれば結婚相手に悪くないとお考えのようだ。申込みを断らないかもしれん。わしは知らんぞ」

　彩蓮はそれだけ聞くと部屋を出た。彼と結婚したら巫覡をやめなければならないとか、巫覡は夫を持つべきじゃないとか、いろいろ言うべきことはあったのに、それをせずに出てきてしまったのは、やはり皇甫珪が真剣に彩蓮との婚礼を望んでいることを知ったからである。騎遼からの手紙を彩蓮の父に渡した形跡はなく、太子の文を握りつぶしたことからも皇甫珪の覚悟が窺《うかが》える。

彩蓮は庭へと行くと、石の上に腰掛けた。

そして池の水面《みなも》を眺める。

「どうしてよ、どうして」

彩蓮は自分の感情がよく分からなかった。

皇甫珪への複雑な想いと、立派な巫覡として一族を率いていく存在になりたいという想い。この二つは決して両立することができない。

彩蓮は子供のころからずっと祖父や父のような巫覡になりたいと思っていた。期待にこたえるべくいっぱい努力してきて、一人前にはほど遠いにしろ、最近は自信さえついてきていた。それなのになぜ、こうも三十路《みそじ》の髭面のことを考えるのだろうか。あの男以上に覡とはほど遠い俗物はいないだろうに。

彩蓮は、石を拾うと袖《そで》をめくり、勢いよく助走をつけてありったけの力を込めて投げる。しかし石は、思ったより飛ばずに、ぼとんと曇った音を立て水底に落ちていく——。

——でも、もし皇甫珪が命を落とすようなことがあれば、どうしよう。わたしと結婚したくて軍に入って死んだりしたらどうしよう……。

彩蓮は急に怖くなった。そして心配になった。皇甫珪がこの世からいなくなってしまうことが。

——せめてお守りを渡せばよかった。矢を避《よ》ける呪を込めてあげられたらよかったのに。

きっと今頃、皇甫珪は燦々《さんさん》と降り注ぐ太陽に苦しんでいるだろう。鎧《よろい》を着て走り回り、暑くて苦労しているだろう。彩蓮はそう思うと、無性に神舞を舞いたくなって、すくりと立ち上がる。観客は誰もおらず、池の魚たちが見守るだけである。

——届いて、皇甫珪に。

彼女は両手を合わせ、祈りを込めた。

天高く手を伸ばして、天を呼び、地に手を下ろして、大地を呼び起こす。くるりと回って袖を翻して、手を叩《たた》く。鈴《りん》はここにはないけれど、彼女が手を動かすたびに、シャンシャンと音がするようだった。そして、戦の武勇を祈って剣舞へと舞を変える。激しく空を斬り、邪を祓《はら》う舞である。敵を退け、矢を払う型をとれば、汗が額を伝うのを彩蓮は感じたけれど、舞うのをやめなかった。

——どうか無事でいて。

彩蓮は今までこんなふうに舞ったことがないことに気づいた。いつも完璧《かんぺき》な型にとらわれて、誰よりも美しく舞うことばかり考えていた。舞に対する情熱も強い祈りもそこにはなかった。空っぽの神舞だったのである。

彩蓮は宙を斜めに斬った。見えない敵を倒し、そして次に備える。それは皇甫珪が宿ったかのように勇ましい剣舞で、激しい調子を足で取っては、袖を揺らして踊る。彩蓮は息を切らし、もう少しで舞い終えようしたところ、小真がこちらに走って来るのが見えた。普段邪魔するような子ではないので、何かあったのかもしれない。

「どうかした？」

肩で息をし、呼吸を整えた彩蓮は汗を袖で拭《ぬぐ》いながら言った。

「文を拾ったのです。彩蓮さま宛《あて》の……」

彩蓮はそれが皇甫珪からの文だと思ってすぐに取り上げた。ところが広げてみればひどく汚い字で、裏門まで来て欲しい、ずっと待っているという誰からとも知れない文だった。気味が悪いことに血で書かれており、彩蓮は眉《まゆ》を寄せる。

「これはなんですか、彩蓮さま」

「鬼文《きぶん》よ」

「鬼文？」

「幽霊からの手紙」

真っ昼間に幽霊が訪ねてくるのは珍しい。彩蓮は今とても忙しいから、幽霊一人に惑わされたくなかったが、裏門にずっと張り付いて地縛霊にでもなられたらあとで父親に怒られる。震えて一緒に行こうとしない小真を置いて、彩蓮は仕方なく、重い腰を上げた。

「なにか用かしら？」

門から顔を出すと、彩蓮は面倒くさそうに青白い顔の男に尋ねた。口髭があり人の良さそうな男で、ぺこぺこと頭を下げた。五十代だろうか。髪はいささか薄く、髷《まげ》を留める簪《しん》が不安定に見える。

「あの、貞彩蓮さまでしょうか」

「ええ、そうよ」

彩蓮は男の顔をよくよく見た。どこかで見たことのある顔である。

「えぇっと、あなたは――」

「私は先日、彩蓮さまに弔っていただいた高明《こうめい》と申します」

彩蓮は思い出した。皇甫珪と死体の穢《けがれ》を祓いに行った時の被害者と同じ顔である。

「ああ、あなたは確か、間男に殺されてしまった気の毒な亭主だったわね」

彩蓮が近所の住人から聞いたままを口にすると男が大きく手を振った。

「それは違うのです、彩蓮さま」

「違うの？　妻が男と浮気していたのを咎《とが》めて、殺されたって聞いたわ。そう役所の報告書にも書いてあったわよ」

「実はそうではないのです」

「そうではない？」

「間男が私を殺したのですが、それだけではないのです」

彩蓮が溜《た》め息をついた。

「そういう訴えは役所にしてくれる？　ここは人を弔ったり、天を祀《まつ》ったりするところで、幽霊なんかが来たら悪霊退散って言われて追い払われるわ。人に見られないうちに帰った方がいい」

「幽霊の身ではどうすることもできなくて彩蓮さまにおすがりしに参ったのです」

彩蓮は人助けをしているどころではなかった。今は皇甫珪のこととか、戦のことなどで頭がいっぱいなのに、死にきれない幽霊の世話まではできない。しかし、無下《むげ》にもできず、まあ、話だけでも聞いて誰か別の人を紹介してやろうという気になった。

「それで？　話って？」

「はい。私を殺したのは胡九《こきゅう》なる間男なのですが、その男は私の取引先に勤めておりました」

聞けば、幽霊は米問屋をしていたという。妻とは以前から不仲で、胡九といい仲であったのをうすうす知っていたが、両親が反対するので離縁できずにいた。かと言って問い詰めたりすることは一度もなく、殺されるほど恨まれていたはずはないと高明は主張する。

「じゃ、なんで殺されたの？」

「ずっとそれを考えていました。それで黄泉《よみ》にいくことも叶《かな》わず、このような幽霊の身になってしまったのです」

「心残りで悔しい気持ちは分かるわ」

「考えて行き着いた先が、もしや仕事と関わりがあるのではないかということです」

「仕事？　商家で人を殺すほどの問題が起きるの？」

「はい。ここのところの米の買い占めが問題ではないかと思うのでございます」

そういえばそんなことを皇甫珪が言っていた。米の値が高いから団子の値段も高くなったのだと。

「米の値がずいぶんとつり上がっているそうね」

「さようでございます。戦があるというので皆が米を買い占めているのですが、我が店も例外ではなかったのです」

「ふーん」

「うちは米問屋を生業《なりわい》としておりましたので、買い占めてもっとも高く売れるときに売りたいと思っておりました。そこへ胡九なる仲買人が現れたのです。ヤツは私に米をすべて売れといいました。つっぱねると、血をみることになると脅してきたのです。しかしそれでも私は断った。恥ずかしながら欲をかいたのでございます。今思えば、ヤツが妻に近づいたのも計算ずくだったのかもしれません」

彩蓮は腕を組んで唸《うな》った。

「彩蓮さまは私を殺した男が牢屋《ろうや》から逃げたのはご存じですか？」

「いいえ。初耳だわ」

「これは私の勝手な想像ですが、あの男は人ではなかったのではないかと思うのです」

「人ではない？」

「妖《あや》かしの類《たぐい》だったのではと思います」

彩蓮は首を傾げて尋ねる。

「どうしてそう思うの？」

「身のこなしもそうですが、顔つきや表情が人とは違うのです。本当です。信じてください。死んだ身だからこそ、あれが人ではなかったと分かるのです。瞳《ひとみ》の色が黒ではなく紫がかった茶でした。その目を細くして鋭く人を睨《にら》むので、私は殺された時に体が動かなくなって逃げることができなかったのです。彩蓮さまもごらんになったでしょう？　あの気味の悪い目を」

霊は殺した相手を憎むあまりおかしなことを言う時がある。そんなことをいちいち鵜呑《うの》みにしていたら、日が暮れてしまう。それに捕らえられた男を見たといっても一瞬のことで、太子騎遼が現れてそっちに気を取られてしまった。

「そうねぇ」

彩蓮は思い出そうと斜め上を見た。そして皇甫珪も嫌な目つきをしていたと犯人のことを言っていたのを思い出して、唇に指を当てて考える。牢から逃げおおせたというのも常人にはなし難いことである。本当に男の言うとおり妖かしが関わっているというのなら、調べる必要があるかもしれない。

「分かったわ。調べてみましょう」

彩蓮は胸を叩《たた》いた。

3

彩蓮は、これはいい機会なのかもしれないと思った。

皇甫珪がいないことにもやもやしていた気持ちが仕事をすれば少しはましになりそうだったからである。彩蓮は幽霊の高明に待っているように言いつけると、着替えに戻った。護衛なしに出かければ叱られてしまうだろう。でも口うるさい大人と一緒にいたい気分ではない。気の置けない小真を捕まえると付いてくるように命じた。

「どこに行くのですか」

「ちょっとそこまでよ」

「お待ちください。旦那《だんな》さまに言わないと叱られます。この前も散々叱られていたではありませんか」

「いいから。裏門から出るから門番の気を引いてきて」

「彩蓮さま。叱られてしまいます」

「お願いよ、小真。皇甫珪はいないし、頼めるのはあなたしかいないの」

きらきらとした瞳で、胸の前で手を合わせて彩蓮が言えば、小真がどうして抗《あらが》えようか。彼は負けを認めて頷《うなず》いた。

「分かりました。門番の気を引きつけてきます」

首尾よく家から出た彩蓮、小真、幽霊の三人は、まず殺人犯の胡九なる男が勤めていた仲買の商家に行ってみることにした。外から見てもなんの変哲もない建物で、塀に囲まれた屋敷の中に蔵がいくつも立ち並ぶ。彩蓮は小真を見た。すばしっこそうだが、屋敷の中に潜り込むだけの度胸はない。皇甫珪ならくらくらと塀を越えられるのに——。

——だめだめ、なんでわたしってばあいつのことばかり考えているの。考えない！

考えない！

彩蓮は皇甫珪に頭を占められていることが煩わしくてならなかった。頭《かぶり》を振っていらぬものを無理やり追い出すと、向かいの甘味屋で店の様子を窺《うかが》うことにした。

「うーん。美味《おい》しい」

親からは小遣いを止められているが、少しなら除霊や浄化でもらった礼金がある。幽霊には必要ないが、窓際の四人席を用意させると、遠慮した小真も座らせる。すると、小真は、ちらりちらりと幽霊の方を見ては顔を伏せる。どうやら小真は巫覡《ふげき》の素質があるらしい。大きな助けになりそうである。彩蓮は助《すけ》っ人《と》、二人に言った。

「妖かしは大抵群れで行動するわ。もし、逃亡した殺人鬼の胡九がそうだとしたら、店には他の妖かしがいるはずよ」

「では出入りする者を観察すればいいのですね」

「そういうこと。でも妖かしは上手《うま》く化けているから気をつけて見ていないと人間と間違えるわ」

揚げ餅《もち》を食べながら窓の外をじっと見つめた。しかし店は商売屋にしては静かで先ほどから誰も出入りがない。甘味屋の主《あるじ》に聞いても付き合いどころか、そこが商家であったことすら知らなかったという。彩蓮たちはうーんとうなりながら、もう一杯茶を頼む。

「どうします？」

「夜は高明、あなたが見張りなさい」

「一人で、ですか」

「当たり前じゃない」

「彩蓮さま……夜だなんて、霊が出たらどうしたらいいでしょうか」

高明は幽霊のくせに怖がりのようだ。一人で見張りはできないと主張して、彩蓮に取りすがったが、いつまでもここで油を売っているわけにもいかない。夕食の時間はもうすぐで、小春が「彩蓮さまは、お勉強中です」とごまかすのも限界がある。彩蓮は立ち上がった。

「また明日《あした》来ましょう」

ところがその時、一人の男が門から出てきた。ひどく小さな男で、彩蓮よりも背が低い。がに股《また》で巾着《きんちゃく》を一つ持っている。彩蓮は立ち上がった。

「怪しいわ。行きましょう」

「跡をつけるのですか」

「もちろん」

「夕食はいかがします」

「それは後で考える」

彩蓮は店の外に出るとつかず離れずに男をつける。香で巧みに隠しているが、巫覡の彩蓮には獣臭さが隠しきれていない。男が妖かしであるのは確実である。

「一度しか見たことがありませんが、あれは店主に間違いありません」

「妖かしがやっている店だったのかもしれないわね」

「仰《おっしゃ》る通りです」

幽霊の高明は大きく頷いた。

小男は大路を曲がり、細い道へと進んでいく。太陽は西に傾き、子供らが家路を急ぐ。彩蓮は逢魔《おうま》が時《とき》にわずかに不安を抱いて天を見上げた。風はなく、東の空から群青色の夜が迫ってきていた。

「急ぎましょう」

幽霊に促された彩蓮は歩幅を広げた。気配は巫覡の力で隠してあるので後ろを振り返られなければ安心である。祖父の佩玉《おびかざり》は返しそびれていてまだ手元にある。それを手のひらで握れば心が落ち着いた。

「あの家に入って行くようです」

そこはひっそりとした小さな屋敷だった。彩蓮は背伸びして塀の中を覗《のぞ》こうとしたけれど、背丈が足りずに何も見えなかった。小真が台になることを申し出てくれたが、皇甫珪のようにがっちりしていないので、この屋敷が誰のものか近所に行って聞いてくるように言いつけた。

「一度家に戻られましたら」

小心な幽霊は暗くなる空にそう助言してくれたが、彩蓮の正義感がそうはさせなかった。妖《あや》かしは貞家にそれなりの付け届けをして都に住んでいる。貞家はそれを管理し、悪さをしないように厳しく取り締まっているというのに、妖かしがあんな大きな商家を営んでいるだけでなく、米の買い占めや殺人まで行っているのは許しがたい。

「あとでお祖父《じい》さまに言いつけてやるから」

何匹の妖かしがいるか分からない。ここは慎重にならないといけなかった。彩蓮はなかなか戻ってこない小真を辛抱強く待つと、彼は左右を気にしながら通りの向こうから駆けてきた。

「遅くなりました」

「いいのよ。それより誰の家か分かった？」

「はい。淑国からの遊説家の家だそうです。名前は夏《か》狢《かく》といいます」

「淑国。また淑国……」

彩蓮は顎《あご》に触れた。

「淑国が何かを企《たくら》んでいるのは確実ね」

「何をでしょう」

彩蓮は宦官《かんがん》殺害事件の時に学んだことを思い出した。

「戦が始まって一番得するのは誰？」

「ええっと」

小真が頭を掻《か》く。

「米を買い占めていた米問屋や仲買人よ。そして一番困るのが民。米は手に入らずに飢えてしまう。もちろん、国も困るはずよ。軍を動かせば大量の兵糧が必要だけど、手に入れることができない。そうなると、長期間の戦をすることはできなくなる」

「なるほど」

小真が感心したように頷《うなず》き、幽霊がそれに付け加えた。

「我が国は必ず戦に負けましょう」

そこが狙いなのだ。

淑国は戦を長引かせ、こちらの兵糧が尽きるのを待つ。彼らは周辺国を常に侵略しようと虎視《こし》眈々《たんたん》としているから、戦にも慣れている。太子騎遼は抜け目のない人なので、それをとっくに見通しているだろうが、妖かしが関わっていることまでは知らないかもしれない。

「教えてあげないと！」

思い立つとすぐ行動する彩蓮である。

踵《きびす》を返そうとしたけれど、袖《そで》を摑《つか》まれた。見れば、幽霊と小真だ。

「お待ちを。まだ妖かしが米の値の吊《つ》り上げに関わっているという証拠はないですし、それにどうやって太子のところまで行くというのですか。歩いていくには遠すぎます」

それは確かにそうだった。馬車か馬が必要である。コウモリを使役させてとも考えたが、直接会って話したい。となると明日の早朝に出発ということになる。彩蓮はいろいろ考えを巡らせた。交通手段、父に相談すべきか否か、もし一人で行くとしたら何を持っていけばいいか。

「彩蓮さま」

「ちょっと待って小真。今考えているから」

「彩蓮さま」

「何？」

袖を引く少年を睨《にら》めば、彼は屋敷の入り口を指差した。

「あれは、胡九ではないの」

高明を殺したつり目の男である。牢獄《ろうごく》から抜け出し、夜になったとはいえ、堂々と大路を歩いている。それでも人目を気にしているのか、黒い笠《かさ》を深く被《かぶ》り、米の仲買人とともに屋敷の塀沿いを行く。幽霊は恨むというより恐れて彩蓮の背に隠れる。彼女は、それを追いかけることにした。

「付いていくのですか」

「当たり前じゃない」

「危険です。旦那さまに言った方が……」

「大丈夫。大丈夫。それに言いに行っている間に逃してしまうじゃない」

「でも……」

小真に彩蓮はため息を吐いた。まだ子供だ。不安なのだろう。

「分かったわ……あなたはお父さまにお知らせして。お父さまならわたしの気配を探ることができるからすぐに追いつけるわ」

しかし、そう言った時だった。月が雲から顔を出した。

そして黒衣の大男がどこからともなく現れたかと思うと、足音も立てずに、その仲買人たちの後を付いていった。顔など見なくても分かる。背丈、肩幅、歩き方。

「皇甫珪……」

彩蓮は懐かしき人の名を呟《つぶや》いた。

4

彩蓮は小真を家へ走らせると、幽霊に胡九を追わせ、自分は皇甫珪を見失うまいと闇に目を凝らす。

皇甫珪がここにいるということは、太子騎遼も彩蓮と同じ考えで調査させていたことになる。つまり彩蓮は一人、仲間はずれにされたのだ。ふつふつと怒りが湧いてくる。

彩蓮は気配を佩玉の力で消しているのをいいことに、怒りを足先に込めて後ろから皇甫珪の腰に飛び蹴《げ》りを入れた。よろめいた髭面《ひげづら》男は地べたに片手をついたが、さすが武官、すぐに体勢を整え剣を抜こうとし、相手が彩蓮だと気づくと間一髪、手を止める。

「どこに行くのよ」

「それは……」

「太子の命令であの米の取引を調べていたんでしょ」

「そ、それは……」

「あなたって昔から嘘をつけないのよね」

彩蓮は腕を組んで、中腰のままの男の肩を蹴って地べたに転がした。しかし、相手はすぐに起き上がると、彼女に護衛がいないのに気づいて小言になる。

「お一人なのですか。なぜ護衛をつけずに屋敷を出たのです。それもこんなに暗くなって歩き回るなど、命が惜しくないと言っているようなものです。かどわかしなどにあったらどうされるおつもりですか」

「護衛はいないけど、小真はさっきまでいたし、霊に道案内をさせていたから心配ないわ」

「彩蓮さま、帰りましょう」

「いいの？　さっきの男たちが行ってしまうわ」

「いいのです。屋敷まで送って行きます」

皇甫珪が腕を摑んだ。彩蓮はそれを振り払おうとしたけれど、彼はがっちりと握ったまま離さない。彩蓮は髭面を睨みつける。

「黙って行ってしまったくせに。何よ」

男は黙った。

「言いたいことだけ言って、行ってしまって……わたしがどれほど心配したか」

「申し訳ありません」

「申し訳ないじゃないわ」

彩蓮は泣きそうになった。戦で皇甫珪が死んでしまったらどうしようと、日々それこそ彼のことばかりを考えていた。考えたくないと思っていても考えてしまうその苦しさを皇甫珪は分かっていないとも思った。

「送って行きます」

「いい。さっさと追いかけて、あの妖《あや》かしたちを捕まえなさい」

「もう行ってしまいました」

「霊に追わせているわ。そのうち戻ってくる」

「……なぜこの件を？」

「殺された米問屋の霊に頼まれたの。この事件をもう一度調査してみてくれないかって。だから軽い気持ちで調べていたのよ」

「とても危険なことです。あなたは関わってはならない。だから太子も彩蓮さまを誘わなかったのです」

「妖かしが関わっているからには貞家が出ていかなければ話は終わらないわ」

「ですから、その貞家が既に関わっているのです。調査は太子の手の者と合同でやっております。俺はその仲立ちをしているのです」

「じゃ、みんなわたしにだけ黙っていたのね！」

「お許しを。義父上も俺もあなたに危険なことに関わって欲しくなかったのです」

彩蓮はぎゅっと袖を握りしめた。

「戦に行くというのは嘘だったの？」

「戦はこの調査が終わったら行きます。武功を立てねばなりませんので」

「武功なんていらないのに」

「武功はあなたを妻にするために俺には絶対に必要なのです」

彩蓮のために死地へ赴こうとしている。

そんな強い想いを彼女は知らない。

彩蓮はついに泣き出してしまった。それなのに、自分がなぜ泣くのかよく分かっていなかった。皇甫珪が好きなのだと気づいた時には、彩蓮をなぐさめるような皇甫珪の視線がそこにあった。

「お慕いしております、彩蓮さま」

「皇甫珪」

「身の程も知らず、恋しくてならないのです」

彼が身をかがめて彩蓮に接吻《せっぷん》した。奪われた唇。その感触は、髭のごわつきと、唇の優しさが同時に伝わるもので、無垢《むく》な彩蓮には、衝撃でしかなかった。彼女は驚いて目を見開き、はっと身を退けると、両手で口を押さえた。その反応に、眼の前の大男はたいそう傷ついた様子で、すぐに謝った。

「ご無礼をいたしました」

そして彩蓮の側から離れようとする。背を向けて大きな体を小さく丸めて去っていこうとするのである。彩蓮は慌てた。そして自分でもわけの分からぬことを言う。

「髭。嫌いよ」

大男が振り向いた。

「髭嫌いだわ。ほっぺたがごわごわしてた」

するとと彼は彩蓮が身を引いた理由が接吻ではなく自分の髭だったと分かったのか、明るい笑顔を取り戻した。

「髭は剃《そ》りましょう」

「そうしてちょうだい」

彩蓮はできるだけ尊大に言い、顔を紅潮させた。それは夜の闇で男には見えなかっただろうに、思わず両手で隠してしまった。その仕草を見た皇甫珪が戻ってきたかと思うと自分の顔を搔《か》いてから、そっと彩蓮の顔を覗《のぞ》き込む。

「やはり送って行きます」

「いいわよ。小真をやったからそのうちお父さまが迎えにくるわ」

「ではそれまでおそばにおります」

「いいって。それより早くあの男たちを追いかけなさい。わたしが見たところ、淑国に関係のある妖かしで米を買い占めているの」

「行くところは分かっています」

「え？　どこ？」

「太子のところです。きっと交渉をしに行くのでしょう」

「交渉？」

「米を高値で買わすのです」

「まあ」

「戦は一触即発。淑国は兵糧で有利に立っているように見えるかもしれませんが、太子は頭がいい。淑の左隣の陶国《とうこく》を説得して兵を動かしてもらう手はずになっているのです。しかるに、淑国では米が余る。さっさと売って金に換えたいというのが淑の、いや、淑が手足に使っていた妖かしたちの思惑なのです」

「では戦にはならないの？」

大男は肩をすくめる。

「残念ながら戦にはなるでしょう」

「皇甫珪……」

「俺も行かねばなりません」

「行く必要などないわ」

「そういうわけにはいきません。俺は太祝さまと義父上に約束したのです。武功を立てて、その、あの、あなたに相応《ふさわ》しい男になると」

「でも……戦では何があるか分からないわ」

「死にはしません」

「でも……」

「必ず帰ってきます」

皇甫珪は力強く頷《うなず》いて見せた。それは愛の告白で、どれだけ彼が自分を好きでいてくれるかの吐露でもある。彩蓮は自分も何か言わなければならないと思った。好きだとか、行かないでくれだとか。でもいざ口に出そうとすると、言葉にならない。

「わたし、わたし……」

「彩蓮さま」

「あなたが、その、いなくなってとても心配したの——」

「申し訳ありませんでした」

「わたし……あなたのこと……好きなのかもしれない。髭面《ひげづら》なのに」

皇甫珪は目を見開いて彩蓮を見た。そして大男のくせに、三十路《みそじ》の髭面のくせに、彼は照れ、彩蓮に近づくとそっと接吻をした。髭が触れないように細心の注意を払った唇の先だけの接吻だった。彩蓮は胸が跳ねるように高鳴ったのを感じた。無骨な男の唇が、意外にも柔らかく、名残惜しいほど口づけが、短いものだったからかもしれない。

しかし、皇甫珪はもう行かねばならなかった。馬の蹄《ひづめ》の音がしたのだ。彩蓮の父親たちが迎えにきたのだろう。ここで二人でいるところを見られるのも、彩蓮には秘密にしていた捜査の詳細を聞かれるのも避けたい彼は、ペコリと頭を下げると夜の闇へと消えて行った。

5

翌日、彩蓮は父親にこっぴどく叱られた。

小真と幽霊の高明も横に並んで半日、跪《ひざまず》かされ、許しがあるまでの間、外出を禁じられてしまった。それも仕方ない。護衛もつけずにこっそり出かけ、あろうことか一人で怪しげな男を調査していたのだから。

「だから言ったのに」

罰を許された彩蓮は、父親を呼びに行った小真に恨みがましく言うと、無事に家に帰れたのだからいいではないかと可愛くない答えが返ってくる。幽霊を見れば、申し訳なさそうに目を伏せるばかりで何も言わない。

「ああ、どうしよう」

彩蓮は窓の外を見た。

皇甫珪はこの件を引き続き調査していることだろう。彼に会うには自分も調査に加わるしかないのに、戸の前は見張られているし、巫女《みこ》たちは彩蓮の未来を交代で監視している。だから考えることといえば、皇甫珪のことだ。

——接吻……。

彩蓮は唇に触れてみた。すると皇甫珪の感覚が蘇《よみがえ》り、くすぐったい髭先までが鮮明に思い出されてくる。そして自分がどんな顔をしていたかとか、唇はつややかだったかなどが心配になるのである。考えるほど、次に皇甫珪と会った時にどんな顔をしたらいいのか分からなくなった。

「彩蓮さま」

気づけば、とっくにいなくなったとばかり思っていた幽霊が、日が沈んだ時分になっても、まだ性懲りもなく部屋に居座っていた。

「高明、そろそろ黄泉《よみ》に旅立った方がいいんじゃない？」

「このままでいいのですか」

「いいって何が？」

「事件をそのままにしていいかということです」

「あなたはね、自分の死んだ真相を知りたいかもしれないけれど、わたしは怒られてしまってそれどころではないの。嫁に行くまで外出禁止だなんてお父さまは言ったのよ。買い物さえ行けないんだから」

「それは本当に申し訳なく思いますが、この件は私の生死どころか、国の安寧に関わることです。どうか、彩蓮さまのお力で解決してください」

「聞いたでしょ。貞家も捜査に協力しているって。だからわたしがでしゃばらなくてもきっと上手《うま》く解決するわ」

「それならよいのですが……」

彩蓮だって調査に加わりたい。しかし、そんなことをすれば勘当となりかねないし、一族に心配もかけたくない。彩蓮は寝台の上で膝《ひざ》を抱えた。そして皇甫珪のことを考える。彼は今頃どこで何をしているのだろうか。

彩蓮は枕元にある器を振ってみた。中には騎遼の自作自演事件で使われた蟲《むし》が数匹入っている。彩蓮はこっそりこれを育てているのである。頭のいい蟲で最近では言うことをよく聞き、手のひらを撫《な》でるように這《は》い回る。それは可愛らしくさえあった。

それを幽霊、高明が覗き込む。

「蟲ではありませんか」

「蟲を知っているの？」

「はい。たまに淑国から入ってくる米に混ざっているのです」

「なんですって」

「うちでは気をつけておりまして、必ず巫覡《ふげき》に頼んで殺しておりましたが、他ではどうしていましたのやら」

「それはつまり淑がこっそり我が国に蠱を送りつけているということ？」

「そういうことになります。しかしこのように立派な蠱ではなく小さなものです」

「だから怖いんじゃない。小さなものだから民はよく見ずに食べてしまうかもしれない」

彩蓮は腕組みをした。そして考えた。淑国が兵糧にそんな米を混ぜたら兵士たちは何もせずに死に、戦には負ける。淑の妖《あや》かしたちが急いで処分しようとしているのは、単に損をしたくないからではなく、作戦ではないだろうか。

「お父さまと話してくるわ」

「そうなさいませ」

高明は力強く頷いて彩蓮を見送った。一人部屋を出た彼女は空を見上げた。赤みを帯びた禍々《まがまが》しい月である。夜の寒気が彼女の背を通り過ぎていき、身震いをした。

「では行ってくる」

しかし、その時、父の声が表の方からした。彩蓮は大急ぎで走っていったが、黒髭を蓄えた父は、武将のように白衣の上に鎧《よろい》を着て、騎乗の人となったところだった。

「お父さま！」

彩蓮は叫んだ。

しかしその声は届かない。

父の貞冥は、彩蓮が止めるのも知らずに、二十数名の一族の巫覡たちを率いて門を出ていってしまった。彩蓮は嫌な予感がした。これは勘ではなく巫女としての予感である。

「お祖父《じい》さま！」

彩蓮はその足で母屋に行くと、祖父の寝室の扉をバンと勢いよく開けた。彼はまるで彩蓮を待っていたかのように椅子に座り、茶を用意して目の前の席を指差す。

「あの――」

「まあ、座りなさい、彩蓮」

「お祖父さま」

白髪白髭《ひげ》の巫覡の長は、とても落ち着いていた。二人は茶を前に対峙《たいじ》した。落ち着かないのは彩蓮である。先程までの勢いを完全に失い、祭祀《さいし》で神に捧《ささ》げられる生贄《いけにえ》のように頭《こうべ》を垂れた。

「何を言いに来たのかはだいたい分かっている」

「わたし、どうしたらいいのか分からなくて……」

微笑んだ祖父に彩蓮は眉《まゆ》を下げた。

「卜占《ぼくせん》によれば真実を知る者は彩蓮しかおらず、天はそなたに天命を下した」

「て、天命？　ですか――」

「そうだ。すべての運命は天によって下される。この度の淑国の暴挙を止められるのはそなたしかおらぬ」

「でもお父さまは――」

「あれは覡《かんなぎ》でありながら、天命を信じぬのよ」

「え？　それはどういう意味ですか」

父以上に天を崇《あが》めぬ者はいない。父が天を信じないなどということはありえないのである。しかし、祖父は少しだけ人間臭く笑った。

「あやつは、そなたを危険な目に遭わせたくなくて自ら出しゃばっているのじゃよ。しかし、そなたしか、この問題を解決することができないのだ。彩蓮よ、ではそなたはどうする？」

「わたしが調べます」

「そうだな。そうするしかこの景国を救えまい。そなたの肩にこの巨大な国が掛かっている。天はいつも選択を迫るが、そなたは己の信じた道を選ばなければならぬ命運ぞ」

「はい」

「分かったなら行くといい」

祖父はそう言うと彩蓮に佩玉《おびかざり》を両手で渡した。それはいつも祖父が身につけている大切な物。彼女は祖父を見上げた。彼は白い髭を撫でて言った。

「そなたを守ってくれるだろう。あと蠱止めの薬と護符も持っていくといい」

「ありがとうございます、お祖父さま」

「うむ。気をつけよ。そなたの運気は不安定で読みにくい。このわしでさえ、今のそなたの未来は分からぬ。そなたしかそなたの運命と命を守れる者はいないのだよ」

「はい」

彩蓮は剣を祖父から預ると、部屋を飛び出した。前庭に貞白より許された幽霊と小真が待ち構えていた。彩蓮はにこりと微笑んだ。

「皇甫珪のところに行くことにしたわ」

「皇甫珪さまのところですか？」

「ええ。そして助けるの」

彩蓮は朗らかに言った。

「助けてこの国を救うのよ！」

彼女の言霊が風を生み、夜空にかかっていた雲を吹き飛ばす。ぼんやりと雲がかかった赤い月も白く澄み、空は墨絵のように濃淡を作った。彩蓮は廏《うまや》へと走り出した。戦は男の仕事とは言うけれど、女が行って悪いと聞いたことはない。彼女が太子騎遼に淑国の真の思惑について報告し、戦を勝利に導くのだ。彩蓮は鐙《あぶみ》に足をかけた。

「行ってくるわ」

「お一人で行くのですか⁈」

「家には護衛はいないわ」

「しかし、お一人では危ないです」

「お祖父さま曰《いわ》く、天はわたしに使命を与えてくれたらしいの。だからそれが終わるまでは大丈夫。何も起こらないし、誰からも怒られないわ」

「彩蓮さま……」

彩蓮は心配顔の小真に笑顔を残すと手綱を握り出発した。馬は駄馬だけど、太い足で遠くまで駆けてくれるはずである。風が頬を切り、髪が揺れて、皇甫珪と接吻《せっぷん》した唇に触れた。余韻がまだそこに残っている。彼女は手綱を離すことなく走り続けた。

夜道は長く、朝は近い。急がなくてはならなかった。

「待っていて、皇甫珪！」

彩蓮は夜空の月輪にそう叫んで、腰に佩《お》びる剣の重みを感じた。

6

景国と淑国の二国は河を挟んで対峙している。

馬を飛ばせば、翌朝には着く距離である。つまり都と敵軍との距離はそれだけしかなく危機はそこまできているのである。しかし、河という自然の要害は長きにわたって景国を守り、いまだかつて誰も攻め入ることを許してはいない。淑国による息壌の作戦も失敗に終わった。

——でも油断はできないわ。

噂では淑国は水軍を強化していると彩蓮は聞いていた。どれほどの実力なのかは、さっぱり分からないが、以前より強くなっているのは間違いないだろう。彩蓮は都を出るべく白虎門《びゃっこもん》に急いだ。しかし——。

「止まれ！　止まれ！」

都の門は、治安を理由に夜間は閉まる。門番は彩蓮に驚き大きく手を広げて停止を求めた。

「どこに行こうとしている。夜間は通行禁止だ」

「貞家の巫覡よ。卜占の結果を至急、太子騎遼に知らせないといけないの」

「なぜ女がそんなことをしないといけないのだ。門はいかなることがあっても開くことはできない」

「貞家の男たちは既に太子の命令で動いているわ。わたしより他に人がいなかったのよ」

門番たちは顔を見合わせて上官に裁可を仰ぎに行った。貞家といえば、祭祀権を握る大家だ。彼女がちゃんと貞家の人間であるという印綬《いんじゅ》を持っていたから無下にはできない。

彩蓮は待つ間、馬を休めながらも焦ってならなかった。いつ戦になってもおかしくない。朝には兵士たちが食事をするだろう。その中に蠱がいないとも限らないし、既に食べてしまっている可能性もある。男たちが入っていった詰め所の戸を何度も見つめ、その前で彼女は行ったり来たりした。月が中天に達し、風の冷たさを感じ始めた時、ようやくその戸は開いた。

「すまなかった。貞家の者は門をいつでも通すようにというお達しがあった」

「そう。よかった。ありがとう」

彩蓮は礼を言うとすぐに馬に乗った。向かう敵は淑国。戦をすると言って米の値を吊《つ》り上げたばかりではなく、流通している米に蠱を紛れ込ませるという、手段を選ばない恐ろしい国である。急いで知らせなければ、被害が大きくなる。

「走って」

そう声をかけると、馬はいななき、力強く走り出す。しっかり手綱を握っていないと振り落とされそうな勢いである。彩蓮はぐっと股に力を入れて体を支える。そして皇甫珪のことを考えた。本当に武功をあげたら自分を迎えに来てくれるのだろうか。

馬は暗闇を駆けた。明かりさえない。どこが道か、どこが畑かも分からない。彩蓮は目を閉じた。巫女《みこ》としての力で行くべく道を探る。しかし、彩蓮の力はいつだって中途半端だ。貞一族の直系の娘のはずなのに、未《いま》だに半人前。彼女は心を落ち着かせると、大好きな祖父の佩玉に触れる。

「力を貸して、お祖父さま」

心を落ち着かせ、冷たい秋の夜の空気で肺を満たす。

すると脳裏に一本の青い筋が浮かんでくる。目を閉じているよりも、よっぽどはっきりと道が視えた。彩蓮は息をゆっくりと吐いた。

「待っていて」

彩蓮は沢を飛び越えた。乗馬は得意ではないけれど、家で駄馬だと言われている馬は彩蓮の言うことをよく聞いてくれ、千里を駆ける汗血馬《かんけつば》となって大地を踏んだ。無我夢中の時はどれほどだったのだろうか。汗でびっしょりと背中が濡《ぬ》れ、顔が砂埃《すなぼこり》で乾ききった頃、空が白々とし始めた。

彩蓮は、瞳《ひとみ》を開けた。

明かりが見えて、軍陣が見える。兵車が並び、歩兵がそれを囲む。最前では九人の巫覡たちが、戦の勝利を祈って円を作って祭儀を行い、これまた九人の巫女が天に生《いけ》贄《にえ》の羊を捧《ささ》げて、黄金に光る銅器に血を満たした。鈴《りん》の音が空気を清める。篝火《かがりび》の炎の色が、彼女たちを妖《あや》しく照らして、男たちの呪《じゅ》の声をより厳かにした。戦はもうすぐ朝日と共に始まるのだ。

「何者だ」

しかし当然、彩蓮は誰何《すいか》される。そして目つきの悪い兵士たちに囲まれてしまった。

「貞家の彩蓮よ。急ぎ太子に取次をして！」

男たちはじろじろと彩蓮を見たが、白い衣の巫覡姿の彩蓮を貞家の者に間違いないと思ったのか、報告に走ってくれた。今から戦が始まる。相手方の船は既に岸を発《た》ち、こちらも弓で応戦しつつ船を出発させるところである。水上戦は一触即発。彩蓮は河から吹き上げる風に乱れる髪をかき分け、遠くを見た。手に持つのは佩玉と蟲《むし》を殺す道具。杞憂《きゆう》であって欲しいと彩蓮はうっすらと赤らみ始めた東の空に思う。

「彩蓮」

「騎遼」

騎遼は五人の屈強な護衛を引き連れて騎馬で現れた。銀髪に黒い鎧《よろい》を纏《まと》う人は、朝日を背にして、神々しいまでに輝いて見えた。そして夜と昼との間のような影と光の気を放っている。彩蓮は、彼が下馬し、その手が彩蓮の冷たい頬に触れて初めて見惚《みと》れていたことに気がついた。

「君がここに来るということは良くない知らせなのだろう」

「ええ」

「どうしたんだ」

「淑は米の買い占めを行っていただけではないわ」

「なんだと？」

「淑国は我が国に流通する米に蟲を紛れ込ませていた疑いがあるの。すでに症状が出ている人がいるかもしれない。お願い、兵糧を確認して」

太子は顎《あご》で左右の者に命じた。そして土埃を浴びた彩蓮を案ずるように一歩近づくと、険しい瞳で彩蓮を見る。

「ここは危険だ。送らせよう」

「いいえ。ここにいる」

「彩蓮」

「お祖父さまが言ったの。わたししか真実を知る者はなく、天命はわたしに下されたって。だからわたしはここにいる。そして景国を守るわ」

彩蓮は佩玉を見せた。

「お祖父《じい》さまがくれたの。わたしの力は未熟だけど、これが助けてくれるわ」

騎遼が真っ直ぐに彼女を見た。

「ならば、俺と来い、彩蓮」

「ええ」

「しかし、残念ながら皇甫珪は前軍だ」

「……そんな」

「男には命をかけて守らなければならないものがある。それは国であったり、名誉であったり、家族であったり、君であったりする。君はそれを見守るのだ」

「ええ」

太子は彼女の手を引いた。そしてよく見えるように造られた鐘楼の上に誘《いざな》うとバチを手渡した。

「邪を祓《はら》うんだ」

彩蓮はそれを黙って受け取り、しばらく眺めていたが、意を決して強く握りしめた。銅鼓《どうこ》を鳴らす音は、清く高らかに響く音でなければならない。なぜなら戦で鳴らす鼓の音は邪を祓う祭儀であるからだ。兵士たちが敵の邪にとりつかれないように地上を清め、また向こうの兵士らにこちらの力を見せつける。それが銅鼓を叩《たた》く意味である。

巫覡《ふげき》としては、とても重大な仕事と言っていい。彩蓮は初めてのバチに手に汗を握ったが、すぐに顔を上げた。

「皇甫珪、聞いて！」

彩蓮はバチを天高く掲げ、太陽の光を集めると、鼓《こ》に思いっきり打ち付けた。地を響かすような音が出て、一陣の風が地の底から湧いた。その風はやがて帆を膨らませ、追い風となる。

彩蓮はもう一度、銅鼓を叩いた。風は次々に湧き、袖《そで》を揺らす。巫女としては不十分でも、祖父の佩玉と魂の高鳴りのせいで、天がそれに応《こた》えてくれているのを感じた。

「開戦だ！」

太子騎遼が叫んだ。

「うおおお」

兵士たちの雄叫《おたけ》びが天を裂き、舫《もや》い綱を一斉に切る。

彩蓮は弓を持つ男を視た。巫女の力で「視た」のである。彼は誰よりも勇ましく、甲板に立ち、吹き付ける風に揺らされる赤い旗を見上げて、天を仰ぎ、彩蓮と目が合った。あちらからこちらは見えないはずなのに、目が合ったのだった。

「皇甫珪……」

そこへ米を検《あらた》めに行った兵士たちが戻ってきた。騎遼は冷たい目で尋ねた。

「どうだった」

「わずかですがいました」

「うむ」

「蟲止めの薬は持ってきたわ。でもそれは初期症状にしか効かないの。早く症状のある兵士たちを集めて」

「そうしよう」

しかし、すでに船上にある兵士は無理だ。手当をする者が必要である。彩蓮はすぐに向かおうとした。

「どこに行く、彩蓮！」

騎遼はとっさに彩蓮の腕を摑《つか》んで止めた。

「あなた言ったわね。男には命をかけなければならない時があるって。女にだって、巫覡にだってそういう時はあるのよ」

「皇甫珪がそれほど心配か」

「それもある。それもあるけど、わたしはすべてが心配なの。蟲で死ぬかもしれない兵士たちも、あなたも、この国も」

「彩蓮」

「この国の運命はわたしに託されている。お願い、行かせて」

「君は若すぎる。戦場がいかなる場所か分かっていない」

「分かっているわ。分かっていて言っているの」

「……それならば行くがいい。俺もすぐに追いつくだろう」

「ええ。待っているわ」

彩蓮は走り出した。

7

彩蓮は小舟で河に出ると大きな船へと乗り換えた。すでに船の中には蠱による初期症状のある兵士たちが何人かいて暗い部屋に寝かされ、胃痛にもがき苦しんでいた。彩蓮は急いで薬を与えると応急処置を行う。そしてそれが終わると、すぐに次の船に飛び移り、病人がいないか左右を見回して捜す。すると、すでに蠱を口から吐いている者がいた。彩蓮はそれを鎮める呪を唱えると、背を叩き、一気に蠱を体から出すべく、兵士たちに命じて逆さ吊《づ》りにするように命じた。

「薬を飲ませて」

「はい」

目指すは皇甫珪のいる船だ。しかし彼は一番先頭の船に志願したためなかなか追いつかない。その間も助けを呼ぶ人がいて、それをほうっておけない彼女は皇甫珪を案じつつ、一人ひとりを丁寧に診てやるのだった。

「彩蓮」

振り返れば父の貞冥がいた。巫覡にしてはがっちりとした体に白い衣を纏《まと》い、その上から鎧を着ている。彼は彩蓮を見ると、太い眉《まゆ》を少し動かして悲しげに微笑んだ。

「やはり来たか」

「運命は変えられないのよ」

「知っている」

「お祖父さまは、お父さまは天命を信じないと言っていたわ」

「信じないのではなく、信じているからこそ認めたくないだけだ。ここはいい。お前はやるべきことがあるだろう？　行くが良い」

父や一族の男たちは、彩蓮から蠱を殺す薬を受け取ると、蠱に苦しむ兵士たちを介抱し始めた。まるでもう彩蓮のことなど見えないかのように。

「お父さま」

彩蓮は父の背に言った。

「行くが良い、彩蓮よ。天命はそなたが握っている」

娘を案じるあまり、なるべく危険から遠ざけようとしてくれていた父の思いをよそにそれに近づこう、近づこうとしている彩蓮。彼女は、自分は親不孝者だと思った。しかし、それでも彼女は行かねばならなかった。

「皇甫珪を助けに行くわ」

「そうしろ」

彩蓮は小舟に乗り換えると矢が飛ぶ前線へと急ぐ。鋭い音を立てて矢が彩蓮のすぐ横に突き刺さった時には震えたが、なぜか自分には当たらないという変な自信が彼女にはあった。だから身を伏せることもなく、射手を睨《にら》んで呪を口ずさむ。

戦場で女を見かけたとしたら、それはたいてい巫女《みこ》である。巫女殺しはその呪にかかり悲惨な死に方をすると明河周辺では信じられているので、敵軍の兵士たちもそうそう射はしないが、流れ矢に当たることはある。護衛を命じられた兵士たちが引き止めたので仕方なく身を伏せたが、そうでなければ、きっと立ち上がって旗を振っていた。

「皇甫珪……」

戦場に立つ男を見た時、彩蓮はその背に惚《ほ》れ惚《ぼ》れとした。精悍《せいかん》な肉体が鎧《よろい》越しにさえ見て取れるし、剣の腕は見事の一言だ。一人の敵兵を斬ったかと思うと後ろから襲ってきた男を見もせずに蹴《け》りを入れ、そのまま斬って捨てた。瞳《ひとみ》は、彩蓮の前で見せる自信のないものではなく、漢《おとこ》らしい光があった。

「皇甫珪！」

彼女が名を呼ぶと驚いた顔がそこにあった。

「あなたがなぜここに⁈」

「助けに来たに決まっているでしょ！」

「足手まといの間違いでは⁈」

「淑国は蠱を使って戦をしているわ。わたしがいないといけないってお祖父《じい》さまが言ったの！」

彩蓮が走り寄ると、降ってきた矢をかわすべく、皇甫珪は彼女の体を抱き上げて柱の陰に隠れた。息を感じ合う距離。彼の匂いがした。

「無謀です」

「大丈夫。お祖父さまから佩玉《おびかざり》を借りたの」

「呪具《じゅぐ》があっても矢は防げません」

「弓があっても呪は防げない」

彼は彩蓮の言葉がよく分からないらしく、何かもっと小言を言おうとしていたけれど、彼女はその髭《ひげ》だらけの口を手で押さえた。

「髭は剃《そ》る約束ではなかった？」

「すみません。次に会う時までには必ず」

本当にすまなそうな顔をする皇甫珪。先程までの武人らしい面構えとは雲泥の差である。

「髭を剃ってわたしを迎えに来て」

「はい。必ず」

矢が柱に立て続けに三本当たった。しかし、二人には全く聞こえていない。皇甫珪が彩蓮を強く抱きしめた。それは最後の別れを惜しむかのような抱擁で、彼女は眉をハの字にして彼を見上げた。

「行ってきます、彩蓮さま。どうか無茶はしないでください」

「……分かってる」

彼は微笑み、そして背を向けた。彩蓮は彼の名を呼ぼうとしたけれど、それを喉《のど》にぐっと押し止《とど》めた。彼は敵軍の船に飛び移り、その兵士を蹴ると次の瞬間左胸を突く。誰よりも勇ましく、そして武功を望んでいた。

「わたしはわたしの戦いをしないと！」

彩蓮は船を見回して、介護の必要な者を船内に運び込んだ。そして祖父からもらった護符を袖《そで》から取り出す。蠱が口から溢《あふ》れ、腹がぱんぱんで、今にも蠱に腹を食い破られそうな者らに貼る。一時的に蠱の活動を止めて、苦痛を和らげるためのものである。そして痛みに這《は》いずり回っていた兵士にはすぐに薬を与えて蠱を殺す。

「私にできることは？」

いつの間についてきたのか幽霊、高明が天井で浮遊していた。武器を持てない彼ができることといえば――。

「お願い。戸の前を見張っていて。そして誰かが来たら知らせて」

「はい」

蠱に苦しむ患者は十人。一人ひとりをゆっくり手当している暇はない。応急処置を済ませると、たらいに蠱を吐かせてそれに蓋《ふた》をした。蠱は逃げ出したら人を襲う可能性があるのでとても危険なのである。彩蓮は船底でため息を吐く。

「彩蓮さま、彩蓮さま」

そこへ血相を変えて現れたのは幽霊。

「敵がやってきたの?!」

「こちらが劣勢で、今にも敵兵がこの船に乗り込んで来そうです」

「でも患者をほうってはおけないわ」

「かといってここにいても危険です。私は太祝さまにあなたを守るように言われてきたのです。さあ、さあ、ここにいてはなりません。逃げましょう。命あっての物種です」

大して何もできないくせに守護霊気取りに閉口するが、祖父の名を出されては従わざるを得ない。でもただ逃げるのではなく、彩蓮は剣を抜いた。

「わたしも戦う。活路を見出《みいだ》さないと」

「彩蓮さま！　いけません！」

「巫覡《ふげき》は戦ができないと思っているわね。殺さなければいいのよ。殺さなければ」

「そんな上手《うま》いことといくはずがありません」

彩蓮は微笑むと一気に階段を駆け上がった。戸を開けると、押し戻された景軍兵が死闘を繰り広げているところで、甲板は血の海だった。彩蓮は皇甫珪を捜した。彼はちょうど、兵士二人を相手にしていて、彩蓮に気づかない。それでも彼女のいる船の中を守ろうとしているのか、もう一人が船内に入ろうとしたのを食い止めた。

彩蓮は剣を握った。そして鞘《さや》を払うと、右手で剣を持ち、左手の指二本を天に掲げて構えると、そのまま皇甫珪を襲っていた男の背中に斬り込んだ。

「彩蓮さま！」

「後ろに隙がありすぎよ」

ばったりと倒れる敵兵。

「手助けは結構です。すぐに小舟を用意します。それにお乗りください！」

「こちらこそ結構よ。わたしだって戦える」

彩蓮はそう言うと、空《くう》を斬った。風が空《そら》を二分して、死や恨み、苦しみといった邪を祓《はら》い、空気を浄化する。一瞬とはいえ、未熟な彩蓮にしては上出来で、おかげで、景軍の兵士たちの頭は冴《さ》え渡り、恐れも苦しみも和らいでいく。

「いつからそんな霊力が？」

「これのおかげよ」

祖父から借りた佩玉を持つと、みなぎるような力が腹の底から湧いてくるのを感じる。しかもいつの間にか、それは白い光を放っていた。きっと家で待つ祖父や巫覡たちが彩蓮のことを祈ってくれているからに違いない。

しかしおちおちはしていられない。彩蓮は万能な巫覡ではないのである。そこで幽霊高明の出番となる。

幽霊が、一瞬だけその姿を見せて兵士を威《おど》かしたり、なけなしの霊力で転ばせたりすると、敵兵たちは、それを彩蓮の力だと信じ込み、震え上がって、構えていた剣を下ろした。巫覡や鬼神の類《たぐい》を恐れる兵士たちは、戦う前から負けを認め、剣を捨てたかと思うと蜘蛛《くも》の子を散らすように背を見せて走った。それをすれ違いざまに捕まえた皇甫珪が甲板から海に投げ捨てる。

「お気をつけて、彩蓮さま」

敵兵のほとんどが景軍の船からいなくなると、皇甫珪は敵の前軍の将を追いかけ淑軍の船に乗り移った。彩蓮はそれを目で追う。二人は剣を合わせ、激しく斬りあった。

皇甫珪が力で押すのに対して、さすがは将となった人だけある。優れた技術で攻撃を受け止め、隙を一切見せない。焦った皇甫珪は、回し蹴りで男の顎《あご》を狙うもそれもかわされてしまう。

「危ない！」

相手の男は腰に挟んであった匕首《ひしゅ》を取り出し、皇甫珪の左腕に深く差し込んだ。鮮血が青い空にぱっと広がり、皇甫珪がうずくまりかけた。しかしその瞬間に彩蓮と目が合うと、彼はすくりと立ち上がり、男の腹に剣を差し込んだ。

「皇甫珪！」

敵の将はそのまま倒れ、皇甫珪も座り込んだ。

彩蓮は綱をつかむと助走をつけて隣の船へと飛び移る。もう少しで海に転落しそうになったけれど仲間の兵士たちが後ろから押してくれたおかげでなんとか甲板に着地する。

「皇甫珪！」

「彩蓮さま」

「傷はどう？」

「大したことはありません。ただ毒にやられたようです」

匕首に毒が塗られていたのだ。彩蓮は悔しくて倒れた敵の将を見たが、恨み言を死体に言っている暇はない。彩蓮は慌てて自分の袖を破くと皇甫珪の腕に強く巻く。彼の顔は酷《ひど》く青かった。

「大丈夫？」

「はい。なんとか」

安心させるような笑顔が向けられて、彩蓮はどんな顔をしたらいいのか分からずに眉《まゆ》を下げて彼を見上げる。しかし、皇甫珪は言葉どおりなんともないようなふりをして立ち上がり、明るい声音で言った。

「行きましょう。功は一つ立てました。望みは叶《かな》うでしょう」

「でも毒でしょう？　毒が体に回ったら大変よ。お願い動かないで」

「彩蓮さまをここに置いておくわけにはいきません。毒など慣れております。さあ、行きましょう」

しかし、その時である。

どこからか、矢が飛んできた。味方のものか、敵のものかも分からない矢は鋭く彩蓮の眉間《みけん》に迫った。彼女は「あっ」と思ったが、とっさに足がすくんで動けなくなった。皇甫珪が彼女の名を叫んだ。

「彩蓮さま！」

皇甫珪はぎゅっと彩蓮を抱いた。

そして彼は岩のようになった。仁王立ちしてぴくりとも動かない。

恐る恐る彩蓮が彼を見ればその背には矢を受けているではないか。真っ赤に背中が濡《ぬ》れている。彩蓮は息を飲み、そっと彼を見上げる。

「皇甫珪……」

「大丈夫です。さあ、行きましょう」

大男は無理に笑ってそう言ったが、やはり立っているのも辛《つら》かったのだろう。そのまま気を失って、彩蓮により掛かるようにして崩れ落ちた。

「皇甫珪！」

彩蓮は彼の名を叫んだ。

8

淑との河を挟んだ戦は、景が辛勝し、淑軍は翌日には対岸に兵を引いた。ただし、景の被害は甚大で兵士たちの多くが死傷し、都に負傷者が運ばれていく荷車の列は累々と続いて都人の涙を誘った。太子騎遼もこの時ばかりは胡国との戦のように晴れがましい凱旋《がいせん》をせずに、無言で宮門を潜ったという。

皇甫珪が目を覚ましたのは、それから五日後のことである。

倒れた彼は貞家に運ばれ治療を受けた。しかし、毒にやられた左腕は切断を余儀なくされ、目覚めたときに彼は腕を失っていた。

「どうしよう」

「しばらくほうっておいてあげるのがよろしいでしょう」

皇甫珪の部屋から泣き声が聞こえる。三十路《みそじ》の髭面《ひげづら》の大男の泣き声である。彩蓮は戸惑い小真と高明を見たが、彼らは首を振るばかりで部屋に入ることを勧めなかった。

「でも……」

彩蓮は部屋の戸を見た。

淑の将を倒したことで禁軍に正式に戻れることが決まっているが、腕がなければ務まらないだろう。努力が水の泡なのである。それは泣きたい気分だろう。彩蓮は慰めの言葉が見つからないまま部屋に入ることに躊躇《ちゅうちょ》して、戸の前に膝《ひざ》を抱えて座り込んだ。

――皇甫珪……。

泣き声はしばらくすると止んだが、彩蓮はその場から離れずに座っていた。日は東から西へと傾き、夕闇が柱の影を消し始めてもその場から離れずにいた。暗闇となると、小春が夕餉《ゆうげ》を運んできて、座ったままの彩蓮に差し出した。

「皇甫珪さまの夕食です。彩蓮さまが届けてあげてください。全然召し上がらないのです」

渡された盆には温かな粥《かゆ》が湯気を上げていた。皇甫珪の好きな鳥の塩焼きもある。蓋《ふた》のある器には野菜のおかずが入っていることだろう。少しでも元気になって貰《もら》おうという貞家の気遣いがその食事には見えた。

「ええ」

彩蓮は盆を大事に持つと、戸をゆっくりと開けた。

「一人にしてくれ」

背を向けたままの男は彩蓮とは知らずにぶっきらぼうに言う。

「夕食を持ってきたの」

その声に彼は向き返った。

「彩蓮さま……」

「ぜんぜん食べていないって聞いたわ」

彼はずいぶんやつれて見えた。

「どうして元気になろうとしないの？」

彩蓮は卓の上に盆を置くと皇甫珪が横たわる寝台の上に腰掛けた。

「けが人とはいえ、男の部屋に来るものではありません」

「なぜ？」

「そういうものなのです」

彼は彩蓮を突き放そうとしているようだった。彩蓮はそれが寂しくてならず、顔を背けようとした皇甫珪の顎髭に触れた。

「髭はいつ剃《そ》ってくれるの？」

「……髭は剃る必要がなくなってしまいました」

「どうして」

「腕がなければ、娘はやれぬと貞冥さまに言われました」

「でも功があればくれてやるとも言ったわ。約束とは言葉を縛る呪術《じゅじゅつ》よ。約束を反故《ほご》にすることができないのは、お父さまが一番よく分かっているはずだわ」

「しかし、こんな体では彩蓮さまをお守りできない」

「右手があれば十分ではない？」

「…………」

「足技を上達させればいい話じゃない？」

「しかし、両手であなたを抱きしめることができない」

彩蓮は微笑んだ。

「なら髭を剃って。そしたらわたしが抱きしめてあげる」

ぱっと顔を赤らめた男。そして涙ぐむ。とても屈強な武人には見えない。彩蓮は額を指で弾《はじ》いてやった。

「情けない顔をしないで」

「すみません」

「それに手柄を上げたのはあなただけじゃないわ。貞家も蟲《むし》を退治したことで近々褒美を貰えることになるんだって。お祖父《じい》さまの官位はまた上がるわ」

皇甫珪が彩蓮をじっと見た。

「だから、その……あなたがのんびりしていると、また太子騎遼が婚礼だのと言ってくるはずよ……だから、あの、その……そんなに情けない顔をしないで……」

彩蓮のとぎれとぎれの言葉に皇甫珪は動く右手で彼女の腕を摑《つか》んだ。けが人のどこにそんな力があったのかと思うほどの力で、その胸の中に引き込まれてしまった。

「こういうことになるから男の部屋に不用意に入ってはならぬのです」

彩蓮は急に彼が男になったことに怯《おび》えた。未《いま》だかつてこんなに彼との距離が近かったことはあっただろうか。彼の鼓動の音が聞こえ、彼の体温を感じる。彩蓮は怖くなって腕から逃れようとしたけれど、彼の片腕はそれを許してはくれなかった。

「一本の腕でもあなたを守れるようにします」

「皇甫珪……」

「禁軍でも誰にも負けません」

「……ええ。あなたならできる……」

「ですから、その、まだ髭は剃っていないのですが、接吻《せっぷん》を……」

「ちょっと、以前より髭が伸びているわ」

「それはそうですが……少しだけ……」

クマのような男が大人しくなった。彩蓮は笑った。

「いいわ。今回だけよ。髭を顔にごしごししないで」

「はい。気をつけます」

男の顔がそっと上から近づいて来た。彩蓮は瞳《ひとみ》を閉じ、その唇を待つ。男の手が、彼女の髪を撫《な》で、耳に触れてから、気配が近づいた。重なる唇。彩蓮はきゅっと唇をつぼめ、捕まった兎のように体を硬くする。柔らかな感触に、体の五感が揺さぶられる。しかしそれはほんの一瞬のことだ。

「好きです、彩蓮さま」

男の声がして片目ずつそっと開ければ、皇甫珪は慈愛に満ちた顔で彩蓮を見ていた。彼の喉仏《のどぼとけ》に目が留まり、彩蓮は真っ赤になってすぐにうつむく。でも消え入りそうな声で答えた。

「……わたしもよ」

彩蓮は、ぐっと肩を摑まれたかと思うと、皇甫珪に体を褥《しとね》に押し倒された。彼の顔はとても真剣で、何か言いたげな瞳は、迷い揺れ動いている。わけが分からず小首を傾げれば、彼は優しく彩蓮を見つめ、その唇を奪った。彩蓮は息をつくことさえできずに固まったけれども、やさしい彼の感触に愛を感じる。

そして皇甫珪の唇も肌に触れる髭も愛《いと》おしくなった。だから彩蓮は、唇を離した皇甫珪の襟をとらえて引き止めた。もっと接吻をしていたい、もっと触れていたい。好きなの、皇甫珪——と言いたくて、顔を近づける。絡んだ視線と視線。離れかけていた唇が名残を惜しむかのように再び重なって、男の体重が彼女の肢体《からだ》に伸し掛かる。

が——。

「何たることだ！」

間が悪いとはこのことである。

突然戸が開いたかと思うと、そこに彩蓮の父がいた。

二人の姿に父が卒倒したのは、やはり娘可愛さのせいだろう。

後日。

「まるくおさまってよかったわね」

「はい……」

皇甫珪は正式に許され、彩蓮の婚約者ということになった。

ただし、現場を押さえられた皇甫珪は、彩蓮の父親に殴り倒され、むろん抵抗などできないから、顔中に青あざを作った。それだけでなく蔵に三日間飲まず食わずに入れられた。ようやく許されたのは、彩蓮の懇願に貞冥が折れた四日目のことである。許されたのはいいが、その顔で禁軍に出仕するのが今日なのである。

「頑張ってきてね」

「はい」

髭を剃ると青あざが目立つからまだ剃ってもいない。だからいってらっしゃいの接吻は当然おあずけである。清く正しく結婚までは髭は生えたままになるだろう。

「では行ってまいります」

「いってらっしゃい」

「どうか俺が留守をしている間に、くれぐれも危ないことをなさらないでください」

「分かっているわ。分かっている。新しい護衛もついたし心配しないで、あなたはあなたの仕事をしなさい」

「終わり次第、すぐに、帰って参りますから」

「同僚と飲んで来ればいいわ」

彩蓮は皇甫珪が門を出ていくのを見送ると、大きく両手を広げて伸びをした。良い日和である。皇甫珪はきっと職場でからかわれるだろうが、皆が羨《うらや》むような良家の娘を手に入れたのである。半分やっかみに違いない。

「さぁてと。今日も元気に除霊に行くとしますか」

皇甫珪がいないのではちょっとさびしい気もするが、彩蓮は塩が入った壺《つぼ》を小真に持たせると、中年幽霊、高明を連れて歩き出す。今日の除霊は階段から落ちた女の霊で、簡単な仕事である。昼までには戻って来られるはずだ。それなら皇甫珪の夕食の支度をする侍女を手伝えるし、下手だから自分だけではできないけれど、侍女たちに彼の衣の縫い方を教わることもできる。

「さあ、行きましょう」

すがすがしい朝の門前は明るく、彩蓮のゆく道を白い太陽が照らしていた。

了

本書は第4回角川文庫キャラクター小説大賞〈優秀賞〉を受賞した作品を改稿・改題し、文庫化したものです。

この作品はフィクションであり、実在の人物・団体等とは一切関係ありません。

天命《てんめい》の巫女《みこ》は紫雲《しうん》に輝《かがや》く

彩蓮景国記《さいれんけいこくき》

朝《あさ》田《だ》小《こ》夏《なつ》

令和元年 5月25日　初版発行
令和元年 6月25日　再版発行

発行者●郡司 聡

発行●株式会社KADOKAWA
〒102-8177　東京都千代田区富士見2-13-3
電話　0570-002-301（ナビダイヤル）

角川文庫 21629

印刷所●旭印刷株式会社
製本所●株式会社ビルディング・ブックセンター

表紙画●和田三造

ISBN 978-4-04-107951-5　C0193

◇◇◇

角川文庫発刊に際して

角川源義

第二次世界大戦の敗北は、軍事力の敗北であった以上に、私たちの若い文化力の敗退であった。私たちの文化が戦争に対して如何に無力であり、単なるあだ花に過ぎなかったかを、私たちは身を以て体験し痛感した。西洋近代文化の摂取にとって、明治以後八十年の歳月は決して短かすぎたとは言えない。にもかかわらず、近代文化の伝統を確立し、自由な批判と柔軟な良識に富む文化層として自らを形成することに私たちは失敗して来た。そしてこれは、各層への文化の普及滲透を任務とする出版人の責任でもあった。

一九四五年以来、私たちは再び振出しに戻り、第一歩から踏み出すことを余儀なくされた。これは大きな不幸ではあるが、反面、これまでの混沌・未熟・歪曲の中にあった我が国の文化に秩序と確たる基礎を齎らすためには絶好の機会でもある。角川書店は、このような祖国の文化的危機にあたり、微力をも顧みず再建の礎石たるべき抱負と決意とをもって出発したが、ここに創立以来の念願を果すべく角川文庫を発刊する。これまで刊行されたあらゆる全集叢書文庫類の長所と短所とを検討し、古今東西の不朽の典籍を、良心的編集のもとに、廉価に、そして書架にふさわしい美本として、多くのひとびとに提供しようとする。しかし私たちは徒らに百科全書的な知識のジレッタントを作ることを目的とせず、あくまで祖国の文化に秩序と再建への道を示し、この文庫を角川書店の栄ある事業として、今後永久に継続発展せしめ、学芸と教養との殿堂として大成せんことを期したい。多くの読書子の愛情ある忠言と支持とによって、この希望と抱負とを完遂せしめられんことを願う。

一九四九年五月三日

金椛国春秋

後宮に星は宿る

篠原悠希

この無情なる世の中で、生き抜け、少年!!

大陸の強国、金椛国《きんかこく》。名門・星家《せいけ》の御曹司・遊圭《ゆうけい》は、一人呆然と立ち尽くしていた。皇帝崩御に伴い、一族全ての殉死が決定。からくも逃げ延びた遊圭だが、追われる身に。窮地を救ってくれたのは、かつて助けた平民の少女・明々《めいめい》。一息ついた矢先、彼女の後宮への出仕が決まる。再びの絶望に、明々は言った。「あんたも、一緒に来るといいのよ」かくして少年・遊圭は女装し後宮へ。頼みは知恵と仲間だけ。傑作中華風ファンタジー！

角川文庫のキャラクター文芸

ISBN 978-4-04-105198-6

恋虫

白土夏海

人生を変える出会いとは……。切なさ120%の純愛小説。

『恋』を知っていますか？　正式名称は「感情性免疫不全症」、通称『恋虫』という病。感染すると、肌のどこかにピンク色の痣が現れる。そして、他者への感染を防ぐため、駆除される運命にある。『恋虫』に感染した人を駆除する部隊に入隊した四ノ宮美季は、この世界の救世主と呼ばれている上官のもとに配属される。希望を胸に、初の出動で目にした光景とは……。くるおしいほど脆い感情を彩り豊かに描いた、感涙必至のラブストーリー。

角川文庫のキャラクター文芸

ISBN 978-4-04-105933-3

ISBN 978-4-04-105262-4

窓がない部屋のミス・マーシュ

占いユニットで謎解きを

斎藤千輪

可笑しくて優しい占い×人情ミステリ！

カネなし、男なし、才能なし。29歳のタロット占い師・柏木美月《みつき》は人生の岐路に立っていた。そんなある日、美月は儚げな美少女・愛莉《えり》を助ける。愛莉は見た目とは反対にクールでずば抜けた推理力を持ち、孤独な引きこもりでもあった。彼女を放っておけなくなった美月は、愛莉と占いユニット"ミス・マーシュ"を結成し、人々の悩みに秘められた謎に挑むが!?　ほろりと泣ける第2回角川文庫キャラクター小説大賞・優秀賞受賞作。

角川文庫のキャラクター文芸

ISBN 978-4-04-105260-0

地獄くらやみ花もなき

路生よる

妖怪、探偵、地獄、すべてあります。

怖いほどの美貌だった。白牡丹が肩に咲く和装に身を包んだその少年は、西條皓《さいじょうしろし》と名乗った。人が化け物に見えてしまう遠野青児《とおのせいじ》は、辿り着いた洋館で運命の出会いを果たし、代行業を営んでいるという皓のもと、なぜか助手として働くことに。代行業、それは化け物に憑かれた罪人を地獄へ送る〈死の代行業〉だった。そして、また今日も、罪深き人々が“痛快に”地獄へと送られる。妖しき美少年と絶望系ニートの〈地獄堕とし〉事件簿《ミステリー》。

角川文庫のキャラクター文芸

ISBN 978-4-04-106777-2